JN241989

韓国現代時調四歌仙集

孫澄鎬 Son, Jeung ho ◉ 李垙 Lee, Gwang ◉ 卞鉉相 Byun, Hyun sang ◉ 鄭熙暻 Jeong, Hee kyung

韓国現代時調四歌仙集

[編・訳・解説] 安修賢 An, Soo hyun

水声社

目次

時調四歌仙作品集

凡例

- 本書は、時調の日本への普及発展のため安修賢が今回新たに編纂した、時調のアンソロジーである。
- 論考にて引用される詩に含まれる旧字体の漢字は適宜新字体に直した。ただし、仮名遣いは歴史的仮名遣いとした。
- 各詩人、ならびに編者の略歴にある著書は、韓国国内で刊行されている書名を邦訳したものである。

言葉の時間　四人の時調と翻訳の出会いと響き
――前書きにかえて

安修賢

本書を通じて、韓国の伝統的な詩歌形式である時調の特性を探り、その普遍性と国際的な受容の可能性を論じる。時調は、韓国文学において重要な役割を果たしてきたが、その背後には、言語が文字に定着する過程で独自に進化した特異な歴史がある。本書では、この定着の過程を中心に、時調文学がどのように現代にまで受け継がれ、その文学的な影響力を拡大してきたかについて詳しく探求する。

時調は元来、口承で伝えられてきた詩歌形式であり、韓国の民間に深く根ざしている。その起源は古代まで遡り、韓国固有の抒情詩として数世紀にわたり歌い継がれてきた。しかし、文字の登場と普及に伴い、時調はその内容を文字化し、記録文学の形式を取るようになった。このプロセスは、単なる伝承方法の変化にとどまらず、時調の内容や形式に深みを加え、さらなる発展をもたらした。

文字に定着した時調は、単なる音韻やリズムの再現を超え、詩人たちの思想や感情を後世に伝える文学的な手段となった。短い形式の中で深い感情や思想を表現する時調は、その制約を逆に活かし、濃密な詩的世界を創り上げてきた。初章・中章・終章の三章六句十二音歩の約四十五字で構成され、音数律が厳密に定められている形式である。時調とは、詩人たちにとって限られた形式で最大限の表現力を発揮する挑戦となった。

こうした形式的な制約は、時調が口承文学として育まれた環境と深く結びついている。古代韓国では、文字が普及する以前、詩歌は口承で伝えられ、その韻律やリズムが記憶を助ける役割を果たした。時調が文字化された後も、そのリズム感や音数律の美しさは維持され、文字による記録が時調の普遍性と持続性を高める役割を果たした。

しかし、文字化によって口承文学としての時調が持っていた即興性や地域ごとの多様性は一部失われた。この点において、時調の文字化は重要な転換点となり、口承文学から記録文学への移行は時調の形式や内容に変化をもたらした。それでも、文字化された時調はその後も発展を続け、社会の上層階級や知識層にも広く受け入れられるようになった。

本書の目的は、このようにして定着した時調文学の発展過程とその美学を追いながら、時調が世界文学として地位を確立できる可能性を探ることである。時調は、自然との対話や人生の無常、社会的矛盾といった普遍的なテーマを扱い、これによって他の文化圏でも共感を呼び起こす要素を持っている。そのため、時調を翻訳することで、韓国固有の文学形式が持つ普遍性を世界に伝えることができると考える。

時調の翻訳は、単なる言葉の置き換えではなく、詩の文化的背景やリズムを異なる言語で再現する試みである。特に、短い形式の中に凝縮された感情や思想を表現する時調を翻訳する際には、文化的背景と言語的リズムの違いを考慮した非常に慎重なアプローチが必要である。詩の抒情性やリズムを損なわないようにするための多様な方法を模索しなければならない。

本書では、四人の時調詩人の代表作を通じて、時調の美学や哲学を再考し、彼らが生きた時代背景や社会状況を踏まえて時調が世界文学として評価されるべき道を模索する。これにより、時調の国際的な発展可能性を提示し、韓国文学が持つ普遍的価値を広く発信することを目指す。

時調は、韓国文学の中で長い歴史を持ちながら、その中に表現されているテーマは非常に現代的であり、国境や時代を超えて多くの人々に共感を呼び起こすものである。本書を通じて、時調の新たな可能性を発見し、その美しさが世界中の読者に感銘を与え、確固たる文芸形式として新たな地位を確立することを確信している。

時調文学の豊穣を垣間見る

堀田季何

時調は、言うまでもなく、韓国の伝統的な詩歌形式（詩型）である。しかし、日本の文壇や詩壇でも、時折、時調という言葉を仄聞するものの、大抵は、韓国にそういう名称の詩型が存在しているという話で、その本質、歴史、変遷、達成といったものが本邦に広く伝わっているとは言い難い。

実際、日本においては、韓国から輸入された原語の書籍を除けば、時調を本格的に紹介した書籍は少ない。一般に流通した書籍は、主に、尹学準『時調　朝鮮の詩心』（田中明訳詩、創樹社、一九七八年）、若松實『韓国の古時調――対訳注解』（高麗書林、一九七九年）、裵成煥『韓国の古典短歌――古時調のいぶき』（国書刊行会、一九八六年）、尹学準『朝鮮の詩ごころ「詩調の世界」』（田中明訳詩、講談社、一九九二年）、瀬尾文子『時調四四三選』(育英出版社、一九九七年)、瀬尾文子『愛の時調　コリア恋愛詩集』(角川学芸出版、二〇一一年)、金一男『韓国詩歌春秋』(日本文学館、二〇一一年、改訂版二〇一三年)である。いずれも絶版である。

これらのうち、若松實の著書および裵成煥の著書は、二冊とも定評があったが、古時調に特化している。金一男の一冊は、韓国の詩歌を、古代中世歌謡、漢詩、民謡と歌曲、近代自由詩、時調に分類して代表作品を紹介したアンソロジーであるため、時調の扱いは限定的だ。但し、著者は、日本で「時調の会」を設立して、韓国時調の普及に努めてきた人物で、韓国の「時調生活」社が主管する第六十九回新人文学賞を受賞しているだけあって、翻訳に詩心があり、非常に読みやすい。尹学準および田中明による二冊は、時調を包括的に扱っていて、特に、大手出版社から出た後者が、日本における時調紹介のスタンダードになった感がある。しかし、翻訳が時代がかっており、現代の読者に向かないきらいがある。瀬尾文子の二冊は、前述の諸問題をクリアしている。著者は、時調研究に人生をかけた人物であり、韓国時調学会特別会員。韓国時調文芸功労部門受賞、韓国時調学会功労牌の栄誉にも輝いている。日本の短歌形式を詠む歌人でもあるため、翻訳もセンスが良い。残念ながら、これらの二冊も絶版になっている。このように、様々な特色を持つ先行図書は、国内では中古本しか流通しておらず、この度、水声社から刊行される本書『韓国現代時調四歌仙集』は、沙漠における慈雨と言っても、過言ではなかろう。

このような稀少性に加え、本書の魅力は、主に三つある。一つ目の、そして、最大の魅力は、二十一世紀に活躍する現代韓国の時調詩人による作品を韓日対訳で読めることに尽きる。時調は、伝統的な詩型であるが、日本の俳句や短歌と同様に、現代でも新鮮な作品が書かれ続けている、現在進行形の詩型でもある。現代の作品は、古典の作品に決して劣らず、それらを踏まえつつも、多様な側面で発展させている。当然、現代の時調詩人は、世界における現代詩人でもある。本書で紹介される四氏の時調を読むことは、現代における時調文学の最先端を知ることでもあるし、現代の世界文学ないし世界詩文学における韓国の時調という詩型の可能性を探ることでもある。

　二つ目の魅力は、孫澄鎬、李垙、卞鉉相、鄭熙暻の時調そのものの素晴らしさである。無論、本書掲載の作品は、彼らによる詩業の一部にしか過ぎないし、韓国語に通じていない私などは、日本語に翻訳された形でしか味わえない憾みがあるが、それでも、安修賢によって訳された四氏の作品からは、時調が紛れなく一流の文学であることが伝わってくる。自然、政治、日常、叙情、滑稽、風刺といった、伝統に連なりながら、それらを発展させた作品群は、私を十二分に魅了する。

　優れた詩は、シェイクスピア形式のソネットでは、最後の二行で、中国の絶句では、後半の転句および結句で、日本の和歌・短歌では、下句ないし結句で、日本の俳句では、下五で、それぞれ技が決まる。本書の時調、例えば、孫澄鎬の「裂け目」「島」「突然」、李垙の「詩」「雨後」「大雪警報」、卞鉉相の「正面衝突」「恋」「電気溶接」、鄭熙暻の「古びた扇風機」「ドライバー」「竹の子」といった作品を読めば、同様に、最後の行（三行の場合。四行以上の場合では、最後の数行）で技が決まっていることが判るだろう。それらが優れた詩である証左だと思う。

三つ目の魅力は、安修賢が編輯、訳詩、解説の全てを担当していることである。三面六臂の活躍だが、彼は、実際に、比較文学や日本の和歌文学に造詣が深い文学博士、大学教授、評論家という研究者の顔や能力、時調、漢詩、俳句の実作者という詩人の顔と能力、さらには、韓日および日韓の翻訳家の顔と能力までも持ち合わせる。文字通り、三面六臂以上なのだ。そういう意味で、本書は、彼にしかなし得なかった文学的達成である。他に誰が、時調の本質と歴史に研究者と詩人の目線で精通した上で、現代韓国の時調を詩人と研究者の目線で理解し、詩人と翻訳家の両方の目線で翻訳できたであろうか。本書には、研究者として時調文学の歴史的変遷と特徴を整理した「時調ルネサンスと時調の在り方をめぐって」という安修賢の論文が収められているが、本邦において時調を理解する上での貴重な資料になっている。四氏の作品に比肩する価値があるばかりか、この論文のためだけにでも本書を買う価値がある。過去の整理にとどまらず、「時調ルネサンス」の可能性にまで踏み込んだ安の論考は、情熱的ですらある。

本書は、時調文学の豊穣を、その一端に過ぎないが、その一端だけでも垣間見ることを許してくれる。まさに至福である。多くの読者がこの至福に今後与れることを、心より願ってやまない。

（文芸家。現代俳句協会常務理事。国際俳句協会理事）

時調翻訳の美学と可能性
——世界文学への歩み

藤本はな

時調は、韓国の詩文学の中でも独自の文化的な地位を持ちながら、その魅力はまだ世界的には十分に知られていない。しかし、時調が持つ美的価値や表現の深みは、世界文学の一部としての地位を築く潜在力を秘めている。特に、近年注目される俳句の国際化やユネスコ無形文化遺産としての登録が進行している状況を考えると、時調もまたその道を歩む可能性が高いと言える。本書では、そのような時調の翻訳作業を通じて、時調の国際的な普及の可能性を探る試みが行われている。

まず、時調の翻訳は単なる言語の変換ではない。時調は短い形式の中に非常に濃密な感情や哲学的思索を凝縮しているため、その翻訳作業は繊細で高度な技術を要する。三行という簡潔な形式で、人生の無常や自然の美、さらには社会的な葛藤を表現する時調は、言葉の背景にある文化的な文脈を理解し、その文脈に忠実でありながらも、他言語で自然に伝えることが求められる。特に、日本や西洋文学における詩形式との違いを理解しつつ、時調独特の抒情性をどのように再現するかは、翻訳者にとって大きな挑戦である。

本書では、四人の時調詩人の作品を通じて、時調が持つ美学と哲学がどのように他言語に翻訳されうるのかが検討されている。これにより、時調が韓国国内にとどまらず、国際的な詩文学として発展する可能性を見出すことができる。本書の試みは、時調が単なる韓国の伝統文学ではなく、普遍的な美意識を持つ世界文学の一部として発展しうることを示唆している。

この時調の国際化という試みは、既に国際的な成功を収めている俳句の事例と比較することができる。俳句は、日本の伝統的な詩形式として国内外で広く知られており、その短い形式の中で自然や感情を表現する美しさが評価されている。俳句は二〇一九年に、ユネスコ無形文化遺産への登録を目指す動きが本格化し、その文化的価値が世界的に認識されつつある。俳句がその短さと普遍的なテーマで国際的に受け入れられてきたように、時調もその短い形式と深い思想により、国際的な普及が期待できる。

特に、時調が扱うテーマは、自然、人生、社会的葛藤など、時代や国境を超えて共感を呼び起こすものであり、他の文化圏の読者にとっても魅力的に映る可能性が高い。俳句が国際的に受け入れられている現状を踏まえると、時調もまたその独自の形式と美学を持ちながら、世界文学の一部として評価される日は遠くないだろう。

時調の国際化において重要なのは、まずその翻訳の精度である。俳句の国際的な普及においても、翻訳者たちが俳句の簡潔さや抒情性を他言語に忠実に再現する努力を重ねてきたことがその普及に寄与している。同様に、時調においても、その独特な音韻やリズム、そして詩的感覚をどれだけ忠実に翻訳できるかが、その国際化の鍵を握っている。本書は、そのような時調翻訳の試みとして非常に重要な意義を持っている。

また、時調の国際化は、韓国文学全体の評価向上にもつながる。時調は韓国文学の中でも非常に古い伝統を持つ詩形式であり、その国際的な評価が高まることは、韓国文学の他のジャンルにもポジティブな影響を与えるだろう。韓国文学は近年、特に小説や映画などの分野で世界的に注目されているが、詩文学においてもその評価が高まることは、韓国文化全体の認知度向上に寄与することが期待される。

時調の美学と俳句の美学は、表面的には異なる点も多いが、その根底にある自然への畏敬や人生への洞察といったテーマは共通しており、この点でも時調の国際化は十分可能であると考えられる。俳句がユネスコ無形文化遺産に登録されることでその文化的価値が広く認識されるように、時調もまた国際的な場で評価され、広く読まれることを願ってやまない。

本書は、時調の魅力を他文化に伝えるだけでなく、その国際的な地位確立に向けた重要な第一歩となるものである。時調が持つ深遠な思想と抒情性が、韓国国内のみならず、世界中の読者に新たな感動と洞察をもたらすことを期待している。本書を通じて、時調が世界文学の中でどのような役割を果たすことができるのか、その可能性をぜひ探ってほしい。
　この一冊の著書が完成するまで、安修賢教授が悩んだ瞬間瞬間が少しでも理解できるような気がする。創作と批評の両面を背負って進むしかない彼の運命的な現実に対して、応援の気持ちを送りたい。

（俳人。国際俳句協会事務次長）

時調四歌仙作品集

時調四歌仙の扉を開く

시인

손종호

시인은 눈밭에 첫발자국 찍는 사람
삼가는 마음으로 낯선 길 걸어가다
몸 한 번 부르르 떨고 새벽하늘 맞는 사람

詩人

孫澄鎬

詩人は雪原に初めて足跡をつける人
慎ましい心で見知らぬ道を歩みゆく
ひとたび身震いして有明の空を迎える人

볏단

이광

온몸 탈탈 털려 낟알 다 내어주고
빈 몸 싹둑 썰려 겨우내 소 먹이고
들불로 피어날 기운 마른 짚에 잠재우고

稲束

李垙

全身からすべての穀粒を払い出し
空の体は切り取られ、冬の間牛の餌となり
野火の力を秘めた乾いたわらに力を眠らせる

치약

변현상

쥐어 짜여 찌그러지는 몸이 된다 할지라도
그대의 새하얀 미소를 위하여
영원히 사라져버리는 거품이고 싶습니다

歯磨き

卞鉉相

搾り出され、潰れゆく身になろうとも
君の白き微笑みのために
永遠に消え去る泡でありたい

출렁다리

정희경

나 여기 출렁이면 당신 거기 받아주오
당신 거기 흔들리면 나 여기 견디리다
달빛이 이승을 건넌다 숨이 멎는 물빛

吊り橋

鄭熙暻

私がここで揺れるなら、君はそこで受け止めて
君がそこで揺れるなら、私はここで耐えよう
月光が此岸を渡る、息を止める水の色

孫澄鎬

略歴　孫澄鎬（Son, Jeung ho）。一九五六年、大韓民国慶尚北道青松郡に生まれる。釜山時調詩人協会会長。主な著書に、『唾をつけて書く詩』（時調集）、『突然』（短時調集）、『月光の椅子』（現代時調百人選集）などがある。

孫澄鎬の時調について　孫澄鎬は、衒学的な修辞や御大層な言語で形而上学的な意味を構成することを指向していない。詩人の関心は、実在する世界における情緒を復元し、生きることの真実性を具現しようとするところにある。彼が体験する、世界に対する葛藤や悩みが、作品の中に溶け込んでいる。それは、分解できない言説をめぐって、爽やかで明快に解きほぐす詠み方に表れている。詩的言語は、まるで「茫然たる世の中に向かって狙いを定め」（「突然」）るように静かな宣言と似通っており、これは文学を共有する大衆への思いやりであり、時調の面白い手本となるだろう。

（金泰京。時調詩人・文学評論家）

도금시대

번쩍이는 것이라고 다 황금은 아니렷다
그럴듯한 이름으로 화려하게 덧칠해도
그대로 다 드러나지
그릇 무게 달아보면

鍍金時代

輝くものすべてが黄金とは限らない
もっともらしい名前で華やかに塗り重ねても
すべては露見してしまう
器の重さを測ってみれば

고양이 발톱

핥으려 해 내민 손을 할퀴진 말아다오
달콤한 웃음 뒤에 숨겨놓은 날선 발톱
핥고는 또 할퀴려는 고흔 눈빛 무섭다。

猫の爪

差し出した手を引っ掻くな
甘い笑顔の裏に隠した鋭い爪
舐めてはまた引っ掻こうとする美しい瞳が怖い。

수평선

맑았다 흐렸다 입방아에도 뒤채는
위아래 굳게 다문 그 입술 참 무겁다
그렇지!
사내의 속내
저 정도는 돼야지.

水平線

晴れたり曇ったりする噂にも
固く噤んだその唇は実に重い
そうだ！
男の本心
これくらいでなくては。

사랑의 기울기

비가 쏟아질 땐
사랑이 더 잘 보이지
내 어깨 젖더라도
그대 꼭 지키려는
눈길이 머문 쪽으로
우산이 더 기울기에

恋の傾き

雨が降り注ぐとき
恋はもっとよく見える
私の肩が濡れても
君を守ろうとする
その視線の先に
傘がさらに傾くから

덤덤함에 대하여

그대를 마주하여 망원경으로 보지 않는다
그대를 마주하여 현미경으로 보지 않는다
오래된 안경을 끼고 덤덤하게 볼 뿐이다。

淡々たる視線について

君と向き合って望遠鏡で見はしない
君と向き合って顕微鏡でも見はしない
古びた眼鏡をかけてただ淡々と見るだけだ。

물릴 수도 없고

제법 굵은 빗방울이
후드득 떨어지길래
편의점 후다닥 들러
비닐우산 하나 샀지
그 우산 펼치자마자
해님 활짝 웃네그려。

払い戻せぬ話

大粒の雨が
ぱらぱらと降り出して
急いでコンビニに寄って
ビニール傘を一つ買った
その傘を広げた途端に
太陽がにっこり笑うんだよ。

문상

산 사람 신발들로 어지러운 장례식장
이걸까 저걸까 내 구두 찾는 동안
다 벗어 홀가분하신가
영정이 빙긋 웃으신다。

お悔やみ

弔問客の靴で乱れる葬場
これかあれかと自分の靴を探している間に
すっかり脱いで軽やかになったのだろうか
遺影が微笑んでいる。

틈

제 몸을 깨뜨려 작은 틈 내어놓고
오래된 콘크리트 계단
그냥 두기 심심한가
민들레 꽃씨를 받아 그리움의 싹 틔운다。

裂け目

自らの身を砕いて小さな裂け目を開け
古いコンクリート階段
ただ放っておくのがつまらないのか
タンポポの種を受け入れて憧れの芽を育てる。

목련 보살

큰스님 선정에 든 법당 앞 봄날 오후
심심한 동자승 꼬박꼬박 조는 사이
한 그루 목련 보살님 꽃등 가만 켭니다。

木蓮の菩薩

大和尚が禅定に入る金堂の前の春の午後
暇を持て余す小僧が居眠りをする間に
一本の木蓮の菩薩が静かに花灯を灯す。

섬

주파수를 맞춰보고
볼륨을 높여 봐도
지지직 지지지직
그대와 접속 불량
우리는
난시청지대
돌아앉은 낯선 섬

島

周波数を合わせて
ボリュームを上げても
ジジジ　ジージー
君との接続不良
我らは
難視聴地帯
背中合わせの見知らぬ島

그릇

그릇이 클수록 넉넉히 담는 것은
크면 클수록 자기를 더 낮춘 덕분
바닥을 한없이 낮춘 바다를 보면 알 수 있다。

器

器が大きいほどたっぷり盛れるのは
大きければ大きいほど自分を低くしたおかげ
底を限りなく低くした海を見ればわかる。

문득

시공간 넘나드는
4차원 같은 걸까
숲길을 거닐다가
메꽃을 본 순간
어릴 적
그 고운 아이
생긋 웃다 사라지네。

ふと

時空を行き来する
四次元のようなものだろうか
森の道をそぞろ歩いて
昼顔を見た瞬間
幼い頃の
あの美しい子が
にっこり笑って消えていく。

불쑥

군용 트럭에서 사내들 내리더니
우루루 내달아 일제히 거총자세
막막한 세상을 향해
정조준
서서쏴!

突然

軍用トラックから男たちが降りて
どっと駆け寄り一斉に据銃
茫然たる世の中に向かって
狙いを定め
立射せよ！

달빛의자

스무하루 달빛은 고즈넉한 의자다
맑고도 고운 선율
차르르 펼쳐놓고
여리고 고단한 것들 쉬어 가라 몸 낮추는

月光の椅子

二十一日の月光は静かな椅子
澄んで美しい旋律を
たっぷり広げて
疲れ果てたものたちを休ませる

공존

걷는 모양 다 같다면 무슨 재미 있을까
또박또박 걷는 사람
건들건들 걷는 사람
걸음새 서로 달라서 어울려 살 만하다。

共存

歩き方が皆同じならば何が面白いだろう
しっかり歩く人
ふらふら歩く人
それぞれ歩む足取り、共に生きる調べがある。

李洸

略歴

李垙（Lee, Gwang）。一九五六年、大韓民国釜山市に生まれる。主な著書に、『声が川を渡る』、『市場の人々』、『風が人のようだ』、『あなた、本物ですか。』（いずれも時調集）などがある。様々なメディアに時調文学関連の記事・作品を連載中。

李垙の時調について

李垙は、熾烈な現実認識に徹する詩人である。彼は隠れた失業問題に関心を持ち、非正規社員の絶叫や都市下層民の実態を描き出す一方で、私たちの人生の多様な姿を描いた佳作を発表している。とりわけ、『波止場』に収録されている「玄関」という作品は、修辞の過剰を拒否し、読者の感動を引き出している名作である。「詩とは詩人の霊魂を撮る写真」という事実を、端正なイメージと内在するメッセージを通じて時代精神とともに豊かに表現している。

（李愚杰。時調詩人）

시

어두움 지워내고
이제 시가 나를 쓴다

영혼의 다락방에
초 한 자루 타는 밤

찻잔에
나를 따른다

우러나라
우러나라

詩

暗がりを取り払うと
今度は詩が私を書く

霊魂の屋根裏部屋に
蝋燭一本が燃える夜

茶飲みに
私を注ぐ

染み出るべきことよ
染み出るべきことよ

징검돌

띄엄띄엄 이어놓아 물길을 끊지 않고
흐르는 물도 비켜 길 한 쪽 내어준다
여울진 생을 앞서간
그가 나를
부른다

飛び石

とびとびに置いた踏み石、水路を妨げず
流れる水も路を開く

先駆けの流れとなった
あの人がわたしを
呼ぶ

먹

세상은 드넓어도
벼루 속을 오갈 뿐

가진 재주라고는
이 몸 갈아 진내는 일

붓촉이 목 축일 동안
땀 식히며 보고 있다

墨

天下は広くとも
すずり石の中を行き交うばかり

持っている技の全ては
わが身を磨いて捨て身になること

筆先が染み込む時
しばし休み、見つめている

현관

문 밖엔
늘 헤쳐 온 파도가 넘실댄다

바다도 뭍도 아닌
여기는 작은 선창

그물질
지친 몸 부릴
배를 댄다

집이다

玄関

門の外は
休まずに凌いできた波がうねる
海原でも陸でもない
ここは小さい波止場

網打ち
疲れはてた身を下ろす
船を泊める

ただいま

장목수

귀에다 담배 꽂고
연필은 입에 물어

그 연필 불붙이려
라이터 뒤져 찾네

암병동
집사람 얼굴
자꾸 떠오르나보다

大工の張さん

煙草を耳に挟んで
鉛筆は口に銜えて

あの鉛筆に火をつけようと
ライターを探す

緩和ケア病棟
妻の顔
浮かんでくる

사다리

눈으로 품었지만
손이 닿지 않는가요

꿈은 서로 다르지만
길이 되어 드리리다

당신껜 벽이라 해도
내겐 기댈 언덕임에

梯子

目に抱えたが
手が届かない

夢はお互い異なるが
路になってあげる

君が壁になろうとも
わたしにとっての拠り所

홍시

익기를 기다리며
푸르던 날은 가고

들리나요
가슴의 말
꼭 껴안아 몽클한 말

익어서
잊지 못해서
그대 앞에 붉어진 시詩

赤き熟柿

熟れるのを待って
青き日々は立ち去る

聞こえるか
胸の言葉
堅く抱きしめて憐れな言葉

熟れて
忘れられなくて
君の前で赤く熟れた詩

동백꽃

발치에 뚝 떨어진
붉은 피 촉촉하다
꽃으로 피어난 죄
그래、너는 죄인이다
눈부신 아름다움의
쓸쓸함을 누설한

椿の花

足元に丸ごと落下した
しっとりした赤い血

花に生まれた原罪
確かに、君は罪人

目映いばかりの美しさ
彼方の寂しさの漏洩

고슴도치

돋아난 이 가시로
너를 찌른 적은 없다

밟히지 않으려는 자존의 몸짓일 뿐

움츠려
죽은 척도 한다

산다는 게 그렇다

ハリネズミ

生えた棘に
君を刺したことはない
踏まれないための自尊の身振りだけ
身をすくめ
死んだふりをする
人生とはそういうもの

옹벽

비탈진 생을 안고
무너지지 말자、우리
서로가 기대가며
하루하루 쌓은 다짐
무가내 퍼붓는 빗줄기
이 악물고 견딘다

土留めの壁

坂道の生を抱いて
崩れないようにしよう、我ら
もたれ合って
日に月に堅くなる決意
激しく降り注ぐ雨足
歯を食いしばって最後まで突っ張る

비 온 뒤

이대로
진창으로 살아가진 않을 거다

내 안의
흙탕물은 탕약 삼아 달일 거다

당신이
평안히 걸을 황톳길이 될 거다

雨後

このまま
無造作な暮らしはしない
わが身の中の
泥水は煎じ薬として煎じる
君が
安らかに歩ける黄土の路になる

물뿌리개

네 꿈이
흠뻑 젖어
꽃으로 피기까지

이 한 몸
늘 기울여
아낌없이 부어주리

퍼내야
마르지 않는
내 영혼의 골짜기 물

じょうろ

君の夢が
ずぶ濡れになって
花に咲くまで

このからだ
いつものように傾けて
惜しまず与える

汲み上げてこそ
渇かぬ
わが霊魂の谷川

가위바위보

불끈 쥔 주먹으로
들이밀 걸 헤아리고

두 손가락 선뜻 펴서
순순히 내미는 너

네 앞에
활짝 펼칠 손
준비 못한 내가 졌다

ジャンケン

ぐっと握った拳を
突き出すことは見抜かれていて
二本の指を快く伸ばして
素直に差し出す君

君の前に
ぱっと広げる手
心づもりしなかったわたしの負け

발인

잠깐을 머물다 갈 길손인 걸 알면서도
새가 막 자릴 뜨자 나뭇가지 요동친다

한 사람 길을 떠나는
하늘이 참 푸르다

出棺

仮の宿とは知りながら
居場所を立つ鳥、揺れる木の枝
人の最後の旅路
空が青い

대설경보

예고된 공습이다
피난 가는 차량행렬

연이은 맹공 속에
고립되는 동부전선

마침내
전쟁은 끝나
평화인가

하얀 폐허

大雪警報

予告された空襲
避難する長い車列
相次ぐ猛攻の中
孤立する東部戦線

ついに
戦争は終わって
平和か

白き廃墟

卞鉉相

略歴　卞鉉相（Byun, Hyun sang）。一九五八年、大韓民国慶尚南道居昌郡に生まれる。ナレ時調詩人協会副会長。主な著書に、『冷たい祈祷』、『ぷっつり』（いずれも時調集）などがある。

卞鉉相の時調について　卞鉉相の時調は気高く、静かではない。形式の面でも淀みなく、素材や構成においても直感的である。彼の作品集に登場する詩篇は、不和と不便さを我慢しながら苦境を乗り越えて進む我々の生に注目している点が特徴だ。この不休の努力は、人生という長い道程で解決すべき数多くの葛藤をへて和解に帰結する。彼の詩が読者に伝えるシニカルなメッセージは、我々が共同体において直面する様々な複雑な社会的問題である。卞は、人間が不和と不正義に抵抗し、正義の和解を模索する地点に立っている。それが時調を詠む真の姿である。

（鄭鎔國。時調詩人）

정면충돌

좋아、죽어도 좋아
뜨겁고 황홀한 현장

교차로 택시와 트럭
서로 와락 껴안았다

사랑은
사랑은 가끔
저렇게 눈이 먼다

正面衝突

ああ、死んでもいい
熱くて恍惚たる修羅場
四つ辻のタクシーとトラック
抱き寄せ囁いた運命

恋は
恋はたまに
あのように目が暗む

쪽빛 하늘 바라보다

쪽빛 하늘 바라보다 괜스레 웃음 난다
저게 만약 툭 터져서 쏟아져 내린다면
싸울 일 진짜 없겠네! 온누리가 청군이니

藍色の空を見上げる

見上げた藍色の空、わけも分からぬ笑い
あれがもしもぼんと割れたら
戦はないだろう！　青組の天下

반달

밤길을 택하셨네!
남의 이목 있어 선지

코트 깃 세우시고 얼굴 반은 숨기셨네!

묘 있는
능선 쪽으로
형수님 홀로 가시네!

半月

夜道を通ることにしたのですね！
外目を気にして
コートの襟を立てて半顔を隠す！

お墓の待つ
あの山の端
一人寂しく歩く兄嫁！

좋겠쏘다!

허겁지겁 사식私食먹다 무심코 본 쇠창살문
신호、차선 무시하고 거꾸로 걷는 병정개미
무법자 만유인력을 제 맘 대로다 좋겠쏘다!

いいな！

差し入れを食べて見上げた鉄格子の門
信号、車線を無視する逆歩きの兵隊蟻
掟破りの万有引力、思いのままだ、いいな！

졸음 은유

내 것을 내 맘대로 못하는 게 또 있으니
눈꺼풀을 누르고 오는 일억 톤의 무쇠덩이
억지로 이길 수 있으랴
산다고 다 산 것이랴

眠気の隠喩

勝手にできぬわがもの
一億トンの銑鉄の塊より重い瞼
無理矢理にでも勝てるだろうか
生きることか、生かされていることか

사랑

벽의 못을 뽑는데 찰떡궁합 안 빠진다
이 악물고 비트는데 툭、 하고 부러진다
죽음도 떼놓을 수 없는
이 잔인한
외통!

恋

壁に刺さった釘、引き抜かぬまま
歯を食いしばって捻るがポキリと、折れる
死も切り離せぬ
この無惨な
定め！

기찻길

선덕을 향한 지귀志鬼의 끝없는 마음이다
태초부터 정해 놓은 기름이고 물이었나?
손 한번 잡지 못하는 여与와 야野의 긴긴 동행

鉄道

善徳女王への志鬼の果てしなき愛
太初から定めた水と油の運命か？
一度も手を取れない与と野の長き道程

신용카드론論

잔불 끄는 소화기여!
또는 방화범이여!
두 얼굴의 이데올로기로 계신 구세주시여!
오、나의 클레오파트라 사각형의 마약이여!

クレジットカード論

残り火を消す消火器よ！
君は放火犯よ！

二つの顔のイデオロギーの救い主よ！

おお、私のクレオパトラよ、四角形の麻薬よ！

화석의 말

그러니까 그때는 글도 책도 없었죠、
당연히 휴대전화、카메라도 없었고요
증거요
별 수 있나요
몸으로 때울 수밖에

化石の言葉

故にあの時は字も本もなかった
もちろん携帯、カメラも皆無
証拠だと
仕方ない
焼身供養

전기용접

마이너스 플러스가 불구대천 원수라 해도

불꽃으로 녹은 자리
통증의 뼈로 엉겨 붙네!

하나가
된다는 것이…
통일이 된다는 것이…

電気溶接

マイナスとプラスは不倶戴天の敵とはいえ
花火で溶けたところ
痛みが骨と骨とにまとわりつく！
一つに
なるというのが……
統一されるというのが……

소나기

빌딩 넘고 광장 지나 호통 치며 달려온다
술 취한 지상을 뺨 때리고 쥐어뜯고
똑 같은 그놈 그놈이 먼지 나도록 패고 있다

俄か雨

ビル越えの広場を貫く怒りの暴走
酔余の大地の頬を打って掻き毟る
誰も彼も塵を舞い上げるまで打ち続けている

별똥별

기억하라!
짧고 굵은 외침을 기억하라!

아무도 선택 않는 깜깜한 어둠의 저편
열사의 눈부신 분신
잊지 말고 기억하라!

流れ星

覚えろ！
短くて太い叫びを覚えろ！
誰も選ばぬ暗闇の彼方
烈士の華々しい焼身供養
忘れずに覚えろ！

담양*

누구와 누구누구
찾아오면 안 되겠다
또 누구와 누구누군
여기 오면 미안 캤다

대나무
쪽 곧은 대나무
대나무
또 대나무

* 대나무와 죽세 공예품으로 유명한 전라남도 담양군.

潭陽*

某と誰々は
訪れると位負けするだろう
また某と誰々は
ここに来るとお詫びの言葉もないだろう

竹
真っ直ぐな竹
竹
また竹

* 大韓民国全羅南道の潭陽郡のこと。竹や竹細工製品の生産が盛ん。

풍경 風磬

끓는 마음 식혀볼까 홀로 오른 뒷산 산사
쉼 없는 소슬바람에 조잘조잘 재잘재잘

아뿔싸!
집사람 입을
누가 저기 매달았나?

風鈴

煮え返る怒りを冷ます、一人で登る裏山寺
小止みもない肌寒い秋風の囀る声

ああ、なんと！
山の神の口を
誰がぶら下げていたのかな？

가족

목마른 공간을 가득 채우는 생수
비바람에 흔들리는 우듬지를 꽉 잡는 손
별빛이 반짝거리는 동화속의 수채화

家族

渇した空間、見渡す生水
雨風に揺れる梢を掴む手
煌めく星の光、童話の中の水彩画

鄭熙暻

略歴　鄭熙暻（Jeong, Hee kyung）。一九六六年、大韓民国大邱市に生まれる。主な著書に、『池瑟里』、『光たちの夕暮れ』、『向日葵を置き忘れた』（以上、時調集）、『時調、疎通と共存のために』（時調評論集）などがある。雑誌『時調詩学』、『子供時調の国』の編集長を務め、時調を学ぶ後学の育成にも努めている。

鄭熙暻の時調について　鄭熙暻は、正しい国語の使用を推進し、国語の純化を先導しながら、時調における意味空間を読者に対して広く確保してきた詩人である。綺羅星のごとき先達のおかげで文人として成長し、同年代の詩人とは異なり、自分だけの個性と想像力、そして叙情的な文学意識を持って短期間で主力詩人としての地位を確立した稀有な存在だ。詩的対象の選択と詩話のナレーションには、思考と冒険が感じられ、陳腐さを取り払った真実が映し出されている。これにより、作品は我々の人生に喜び、悲しさ、美的感動を与えるものである。時調の定型詩としての品格を守りつつも、自由な想像力を垣間見せる豊かな思想は、生命の「触」の概念を呼び起こしている。

（孫晋殷。詩人・文学評論家）

낡은 선풍기

스위치를 넣으면 억수같이 내리는 비
덜덜덜 소리 풀어 눅눅함을 지운다
온종일 열나는 모터 갱년기가 거기 있다

古びた扇風機

スイッチを入れるとどしゃ降りの雨
ガタガタと重い音、湿り気を無くす
四六時中熱くなるモーター、更年期がそこにある

포스트 잇

냉장고 열 때마다
노랑나비 펄럭인다

천리를 더 날고픈
방전된 더듬이들

성에 낀
안경을 닦는다
무수한 저
날갯짓

ポスト・イット

冷蔵庫は開ける度に
紋黄蝶がはためく
千里を飛ぶ夢
放電した触角

霜の壁の
眼鏡を拭く
絶え間ないあの
羽ばたき

낮잠

가나요
넘어 가나요
예! 홈런, 홈런입니다
칠월 땡볕 대청마루
라디오 볼륨 높아진다

아버님
코고는 소리
넘어가다
딱 멈추고

昼寝

打った！
越えるか！
いった！　ホームラン、ホームランです！

七月の炎天下の縁側
ラジオの音が上がる

お義父さんの
高いイビキ
息が絶えたか
一瞬止まる

스프링클러

먼 그대를 향하여
툭 던진
말 한마디

화살 되어 날아간다
후끈한 혀를 타고

소문이
자라는 오후
햇살이
축축하다

スプリンクラー

遠い君に向かって
思わず投げた
一言

矢になって飛んでいく
熱い舌に乗って

噂が
育つ午後
日差しが
湿っぽい

일요일

이사 가는 박 씨가 17층을 걸어 내려온다
빨간 딱지 붙었던 몇 안 되는 살림살이
턱 턱 턱 고층사다리를 절며절며 내려온다

日曜日

引っ越しの日の朴さんが十七階から歩いて天下り
赤札のついた僅(わず)かな所帯道具
トボトボと足を引き摺りながら下りてくる長い梯子

크릴 오일

엄마 펭귄 입속 깊이 어린 부리 넣는다
심해가 토해내는 몇 방울 붉은 크릴
미끈한 캡슐 한 알이 목에 걸린 이 아침

クリルオイル

ママペンギンの口の中深く幼い嘴を入れる
深海が吐き出した数滴かの赤いクリル
滑らかなカプセル一粒が喉に詰まる朝

폭포

한 여인이 돌아서서 어깨를 들썩인다
등 뒤로 흘러내린 가지런한 머리카락
하얗게 눈물이 뚝뚝 바람빗에 묻어난다

滝

一人の女が背を向けては肩を震わせる
背中に　垂れ揃った黒髪
白く涙ぽろぽろぽろと風の櫛に滲み出る

일기예보

마린시티 센텀시티
폭우 경보 발효 중
구름 위에 떠올라
무게 재는 빌딩들
시세를
쥐락펴락하는
안개가 자욱하다

天気予報

マリンシティ・センタムシティ
大雨警報が発令中
雲の上に浮かんで
重さを量るビル群
時勢を
自由に思いのままに
霧が立ち込む

목련

우리 엄마 축 처진 젖무덤이 지고 있다
말라 버린 유선이 누렇게 지고 있다
빈 젖을 밤새워 빨던
보릿고개 그 봄날

木蓮

母親の垂れ乳がしぼんんでいる
干し上がった乳腺すら黄ばんでいる
夜通しに空乳を吸った
ポリッコゲ*のあの春日

* 春窮期（the barley hump）のこと。

소나기

후끈하게 쏟아지는 매미울음 싹 지우고
새끼 밴 고양이걸음 출렁임도 뚝 끊기고
한입을 아싹 베어 문 참외같이 샛노란

肘笠雨

むんむんと降り頻る蝉の鳴き声を掻き消す
子を孕んだ猫の歩きの揺らめきも途切れて
一口ざくっと齧った真っ黄色の瓜

별점

스피드에 별점 하나
단맛에 별점 다섯

별로 주는 점수에
가게마다 별천지다

밤하늘 사라진 별들
도시를 휙휙 달린다

星評価

スピードに星一つ
甘味に星五つ

星で評価する点数に
店ごとに星の王国

夜空の消え失せた星
都市をびゅうびゅう走る

드라이버

아무리 디밀어도 벽면은 딱딱하다
스펙에도 고학력에도 또 튕기는 나사못
누군가 힘껏 돌린다 세상에 박히는 중

ドライバー

いくら打ち込もうとも壁は堅い
スペックにも高学歴にもまた弾かれる
誰かは力を込めてネジを回す、この世界の物語

백합

고개를 숙인 채로
외등이 밝아온다
얼굴을 떨어뜨리고
나팔을 불고 있다
지상의
낮은 곳을 향해
피어나는 흰 손길

百合

俯いたまま
外灯が白く照らす
首を落として
ラッパを吹いている
地上の
低い所に向かって
咲く白い手

복원 12 - 미세먼지

눌러쓴 검은 모자
당겨 올린 흰 마스크

안경이 흐릿하다
봄날이 멀어진다

인식에 실패했습니다
현관문의 알림음

復元　12 - 粒子状物質

目深にかぶった帽子
引っ張った白いマスク
眼鏡がぼやけて
春の日が遠ざかる
「認証に失敗しました」
外ドアの通知音

죽순 竹筍

가시 같은
말들이
마디마디
걸려 있다

거침없이
내지르던
「임금님 귀는
당나귀 귀」

竹の子

棘のような
言葉が
節ごとに
突き出ている

思い切り
言い捨てた
「王様の耳は
ロバの耳」

연필심
뾰족하게 올려
받아 적는
표제 하나

鉛筆の芯
尖らして
書き取る
大見出し一つ

時調ルネサンスと時調の在り方をめぐって

安修賢

韓国における定型詩は何かと誰かに尋ねれば、九分九厘「時調」だと自信をもって答えるだろう。しかし、その時調の起源や形式を知っているかと再び問いかければ、大半の人々は二十一世紀の「超接続社会（hyper-connected society）」に生きる中、何を馬鹿げたことを言うのかと質問自体を回避するか、嫌がるだろう。韓国文学の源流に無関心な現実がただ残念でならない。

時調という名称は、よく知られているように、朝鮮後期の文人というよりも、当時大衆の前に立った歌客の李世春と関係が深く、「時節歌調」に由来するものとされている。しかし、その解釈をそのまま受け入れるのには疑問が残る。というのも、時調という名称が定着する以前から、すでに短詩形式で長らく親しまれてきたためである。したがって、特定の人物が時調を創始したのではなく、我が国の詩歌全体がまさに「時調」であったという大きな枠組みで再考する必要がある。

そのような視点から、本論は実験的かつ挑戦的であると言える。我が国の詩歌の流れは、古代歌謡から始まり、郷歌や高麗歌謡を経て時調に定着したとする従来の見方を、私たちの定型詩の歴史を「時調ルネサンス」と転換することで、古代歌謡や郷歌を時調と同じ文脈に再設定すべき必然性がある。

なぜなら、時調の源流として拡張された古代歌謡や郷歌は、漢文と借字表記（韓国語を表記する際、漢字の音と意味を借りて用いる方法）の対立、漢字とハングルの対立を通して共存するという経路をたどってきたからだ。また、この過程では、一四四三年のハングルの創製以前から伝わってきた口承文学と漢文学の出会いが当然の道のりであったし、翻訳の介入が不可避だったからである。

漢文翻訳の古代歌謡の形式は時を経る中で、吏読や口訣、郷札といった我が国固有の借字表記法が開発されるまで、長い年月を耐え抜かざるを得なかったのである。即ち、これら三つの代表的な表記法を駆使することによって、漢文学の世界観の影響を受けながらも、私たちの抒情を描き出した対等な文学世界を発現できたといっても過言ではない。

古代歌謡の分類は時代によって困難を伴うが、古朝鮮から統一新羅に至る郷歌をひとつにまとめ、それを新たに「古代時調」と命名することで、文字を持たなかった時代の詩歌を、漢文表記と漢文翻訳による「古代時調」、高麗における「中世時調」、そして高麗末期から朝鮮時代初期に本格化する「近世時調」に三分類することができる。

古代や中世の時調の詩風とは異なる近世時調に見られる自然観と人生観の展開は、多くの場合、一定のパターンが繰り返された。叙情的な主題を持つ一部の作品を除けば、士大夫、妓生文人、中人階層にわたる共通のテーマは、典拠主義的な世界観に忠実であったということである。いわゆる儒教的な世界観の積極的な反映が、教養の尺度および作品の完成度において決定的な基準となったためである。

残念ながら、時調文学のストーリーは、その儒教的な歴史と経典という制度的な強制によって、現実と観念のギャップを埋めることができなかった。一方、十六世紀後半から十七世紀半ばにかけての二回の戦争を契機に、朝鮮は身分制度の揺らぎ、平民資本の登場、士大夫階層の分裂等を経験し、そして士大夫から漏れた下降構造を形成する階層と平民から急浮上したいわゆる「中人階層」の新しい身分的秩序が、時調文学の主体として浮かび上がり始めた。

十九世紀末、外的な力による開港後、時調文学に関心を持った国々は、日本、フランス、ロシアが代表的といえよう。日本の場合、一八九一年に開校した朝鮮初の私立日本語学校「漢城日語学堂」の初代校長であった英文学者・岡倉由三郎（一八六八―一九三六）が、『哲学雑誌』（一八九三年）において、坊刻本のハングル歌集『南薫太平歌』を初めて日本語に翻訳した。フランスの東洋学者モーリス・クーラン（Maurice Courant, 1865-1935）は岡倉の研究結果を引用し、一八九四年から一九〇一年にかけて『韓国書誌』を出版した。

特に、モーリスは時調文学が朝鮮の固有の文学形式であることを初めて西洋世界に紹介した。さらに、一九〇〇年頃にはロシアの財務省が韓国学の研究書『韓国誌』を編纂し、韓国の歴史や詩歌文学を分析・検討した。

国家的な次元で時調文学の改革は行われなかったにせよ、開港期の多くの先賢たちの努力によって、一九〇五年以降、形式と内容の面で近世時調にも変異が生じ、「現代時調」という名で展開され始めた。自由詩とは異なり、定型を維持しつつ、創作と批評の時空間、受容と変容を経験したこの二重の試練は、一九二〇年代の第一次時調復興運動と一九五〇年代の第二次時調復興運動を通じて真剣に論じられ、自己定立と他者化を志向する文学場として確立されるようになった。一九六〇年代の激動の現代史とともに、時調文学の歩みも一九七〇年代から一九八〇年代、そして二十一世紀に至るまで多様な記憶と経路を通じて積み重ねられてきた。今後、時調文学の国際化の方向と具体的な実践方法についての検討が続けられている。

1　時調美学の系譜

私たちの詩歌の起源に関する記録は、中国の古典テキストを通じてのみ確認でき、その制約に基づいて形成された見解が一般的である。高麗時代末に登場し、朝鮮王朝五百年間にわたって受け継がれてきた時調は、二十世紀初頭の非自発的な「近代」の到来を経て

「現代時調」として進化し、二十一世紀に至るまで質的・量的に成長を続けている。

時調の発生に関する通説では、その起源を高麗末期に求めている。しかし、十五世紀に訓民正音、すなわちハングルが発明されるまでの約百年の時間差をどのように解釈するかは課題である。また、この過程において「口承文学」の存在を再評価する必要がある。長い間「漢文学」が支配していた状況の中で、私たちは十五世紀からハングルを本格的に使用し、これまで口承文学としてのみ存在していた詩歌を文字に記録することで、漢文学への抵抗と妥協を反映した表現を生み出した。

この過程で、古代歌謡、郷歌、そして高麗歌謡といった詩歌形式が、最終的に「国文学」の領域に定着した。この過程は学校教育を通じて広く認識され、文化的教養として確立されたのである。国文学としての原型を時調の視点から再評価し、新しい枠組みで再考する必要がある。私たちは、ハングル文学が定着するまでの間に、積極的な翻訳と想像力を通じて、詩歌美学の原型を模索してきた。日本の場合も、自然との調和や固有の文化的風土に基づいた美意識を通じて、漢文学の権威に対抗しようとした試みがあった。九世紀には漢文訓読のために仮名文字が発明され、自然観と植物的世界観を通じて日本のアイデンティティが説明された。

時調美学は、固有の文化的背景に基づいて議論されるべき重要な命題である。本論では、韓国人の感性を最もよく表現する文学が時調であることを繰り返し強調している。また、文字の不在という制約を克服するために試みられた借字表記と翻訳の役割に注目し、現存する古代歌謡を時調の原型として再設定することを提案する。さらに、時調文学を世界に広めるための一環として、通時的な観点から、古代歌謡と郷歌を合わせて「古代時調」、中世高麗の歌謡を「中世時調」、そして朝鮮時代に本格化する「近世時調」とに分けて考察すべきである。

「時調ルネサンス」は、決して単なる復古主義ではない。それはむしろ、時調美学の原型を導き出すための試みであり、加工される以前の古代口承歌謡の再解釈、漢文学翻訳の過程を経た抒情の受容、そして郷札に置き換えられた変容という三つの軸を中心に時調文学の全体像を探り、韓国的美学の本質を説明するための新しい視点を提供するものである。

2　巨視的な時調文学の誕生と翻訳

時調文学の発生論について、郷歌の形態と機能を古朝鮮時代まで遡り、古代時調の原型を探ることは新しい発想であり、また挑戦的な試みだといえる。郷歌のアイデンティティは時調のアイデンティティと密接に結びついているため、郷歌は単に新羅の歌としてだけではなく、より広い時空間の文脈で解釈する必要がある。

口承されてきた古代歌謡が漢字で記録されるさいに、四句（絶句）形式の漢詩の影響を受けたことも否定できない。しかし、たとえ漢詩形式に従った記録であっても、それが中国の詩ではなく、私たちの歌であることを忘れてはならない。

十五世紀に発明されたハングル以前に存在した古朝鮮の「公無渡河歌」をはじめ、高句麗、百済、伽耶などの詩歌は、いわゆる漢文に翻訳された文学作品である。漢文で記録された古代歌謡は、私たちの国文学として認識されるべきであり、表記や形式は借用されたものの、その内容は本質的に私たちの抒情を表現する「器」として理解されるべきである。

このように、時調文学の誕生は我が民族の歴史とともに始まったといえる。これまで、古代歌謡に関する記録の欠如を理由に、高句麗や百済の詩歌の独自性が無視され、新羅の郷歌だけが注目されてきたことには疑問が残る。

したがって、従来の郷歌を新羅に限る見方を超え、現存する古代歌謡全般を郷歌の拡張として捉えるべきである。すなわち、古朝鮮の「公無渡河歌」、高句麗の「黄鳥歌」、伽耶の「亀旨歌」などは、狭義の古代歌謡を超えた広い意味での郷歌として再設定することが、時調の原型を探る適切な方法だと考えられる。

口承文学とは、口頭で伝承されてきたもののうち、芸術的な価値を持つ文学を指す。音声で構成された文学という点で、文字による記録文学と区別される。口承文学が口承伝承と異なる基準は、その芸術的価値にあるとされる。換言すれば、時調文学の原型に遡る第一の出発点は、古代歌謡と郷歌に求められるべきである。それは、漢文学に対抗しながらも、古朝鮮の歌謡、高句麗の郷歌、百済の郷歌、伽耶の郷歌、そして新羅の郷歌として確立された詩歌形式として再考する必要があるからだ。要するに、郷歌が新羅だけの歌だとする見解は修正されるべきである。

私たちの詩歌文学の伝統は、中国の漢詩に従属するものではなく、当初から対等な形式として抵抗してきたものである。日本の詩歌史も同様であり、『古今和歌集』の序文に「和歌は日本の歌」と明記されているように、私たちの郷歌も新羅だけに限らず、古朝鮮や高句麗、百済、伽耶を含む歴史上の韓民族が作り上げたすべての王朝の歌として認識されるべきである。

古代に独自の文字を持たなかった私たちが、中国の漢字を借字表記法として活用し、抒情を展開してきたことに注目すべきである。漢字を受容する過程で、私たちの言語に合わせた表現を作り出そうとしたのは、新羅ではなく、高句麗や百済が先駆けた点が興味深い。たとえば、高句麗と百済が初期の吏読体、または俗漢文といわれる形式を使用し、それが新羅に受け入れられた。七世紀ごろには漢文解読のために漢字に「吐」という形で付けられた「口訣」が発展し、吏読と口訣を統合した形で「郷札」が作られた。

郷札が作られた時期は、中国を中心とする漢字文化圏が国家、国境を超えて活発に交流していた時代でもあった。漢字表記を借りながらも、私たちの言語の語順に従って抒情を表記した郷札は、文化継承の手段であったといえる。日本でも、八世紀に編纂された『万葉集』がその代表例であり、仮名は中国の漢字を借用した文字であり、漢字の音訓のみを借用し、日本語の語順で表記された「万葉仮名」は、郷札や吏読と似ている。

このように、私たちの郷札は漢字の音訓を借りて韓国語を記録した借字表記法であり、その文章は郷歌として伝わった。郷歌とは、単なる地方の歌を意味するのではなく、対等な独立国家の概念を含む「我々の歌」であることを意味する。

漢文学の本格的な流入は、七世紀の三国統一後に唐との外交関係が進む中で発生した。高麗に移行する過程で、漢文学に抵抗していた郷歌文学の継承は弱まったが、庶民の感情を反映しつつ、貴族や花郎、僧侶など支配階層の詩歌から始まり、高麗歌謡を経て、ついには時調に受け継がれた。

結局、私たちの詩歌文学の系譜は、固有の口承文学、その文字化に影響を与えた漢文学の翻訳体系、そして韓国語の語順に従って発展してきた郷歌、さらにその形式から生じた高麗歌謡を経て、時調に続く大きな流れなのである。

したがって、私たちの固有の定型詩である時調は、ただ高麗後期に突然登場したのではなく、古代歌謡、伽耶・三国時代の郷歌、高麗歌謡の影響を受け、時代状況と結びついて形成されてきたものであることは明らかである。

また、高麗中期以降、郷歌の終焉とともに本格的な漢文学が詩文学の権威を掌握したとしても、口承文学の命脈を引き継ぐ時調の存在が完全に消滅することはなかった。むしろ時調は常に漢文学に対抗して、私たちの固有の抒情を形にするための絶え間ない努力の結実といえるのである。

3 時調文学の長い旅路

(1) 古代時調

時調の範囲を広げ、新たに取り上げておきたい。新羅の歌だけが微視的な「郷歌」として名付けられてきた点を是正し、筆者は、いわゆる「古代時調」というカテゴリーに分類することで、これまで新羅以外の歌が埋もれていた状況を改めたいと考える。すなわち、古朝鮮・高句麗・百済・伽倻の歌も「郷歌」の枠組みの中でより包括的に捉えるべきである。続いて、「中世時調」に関しても、高麗歌謡と高麗郷歌を含めて論じ、さらに「近世時調」に影響を与えた景幾体歌も同じ範疇に位置付ける。「近世時調」に至って時調は完全な形式を備えるに至ったが、その発展とともに、一部ではあるものの、歌辞文学も時調のカテゴリーの中に組み入れ、より広い視点から展開していきたい。

漢文で記録された古代歌謡が示すように、韓国の詩歌文学は、初期には文字の不在という制約から自由ではなかった。この現実を克服するために、早くから高句麗や百済の時代に漢字を借用した自国語化の試みが行われ、自然に新羅にも大きな影響を与えたと考えられる。外国語を借りて自国の抒情性を十分に表現するのは難しいため、韓国人は母語の語順で自らの抒情を表現することに努めた。その結果、郷風体歌や詞脳歌といった二重文字時代を迎えたのである。

八世紀に新羅が三国統一を達成した後、純粋な母語の語順で成功を収めた郷歌文学は、残念ながら数世紀にわたり記録されないまま時を過ごした。高麗初期の『均如伝』(1075)には「普賢十願歌」を含む十一首の郷歌が収録されており、さらに「悼二将歌」(1120)一首、『三国遺事』(1281)には三国・新羅時代の十四首の郷歌が伝わっている。合計二十六首の郷歌が現存している。

特に「普賢十願歌」は郷歌の命脈をつなぎ、深い哲学的意義を持つ詩の境地に達したと言える。この歌は、郷歌を漢詩に翻訳した崔行帰の功績により、中国にもその存在が知られ、漢詩の名文としての名声を得たものの、高麗では郷歌に対する関心はほとんどなかったことを見落としてはならない。しかし、郷歌の断絶を乗り越えたという点で非常に高く評価されるべきである。

注目すべき点は、崔行帰が、翻訳した郷歌についての意図を明らかにした「訳歌序」である。「我々は中国の文字を理解しているが、中国人は我々の文字を理解していない」という発言から、文学的能力において私たちが優位に立っているという論理も導き出せる。これらの議論は、中世の普遍主義にとらわれることなく、民族文学の意義を明確に提示した点で重要な意味を持つ。これは、紀貫之が『古今和歌集』の仮名序で「やまとうた」を宣言したことと類似している。

「公無渡河歌」のように、古代歌謡は漢字で表記された最も古い例である。記録形式は四句の漢詩の形式に従っているが、元々は口承文学として存在していたことに注目すべきである。したがって、この歌を時調の原型として捉えるのが妥当だろう。文字がなかったために漢字表記に依存せざるを得なかったとしても、私たちの詩歌美学の根源が消えることはなかった。

以下、我が国の詩歌文学史において、これまで古代歌謡と郷歌を分離してきた視点を新たに見直したい。古朝鮮から新羅に至るまでのすべての歌には（とりわけ郷歌の様々な形態には）、長期的に見れば、後に時調に定着するまでの間、漢文学に対抗しつつ絶えず試みられてきた翻訳文学および借字表記法の成果が現れていることを見逃してはならない。郷歌の自然消滅論もまた見直すべきであり、むしろ時調形式と自然に融合した結果として捉えることで、時調文学の進展過程を明らかにしたい。

古朝鮮郷歌の「公無渡河歌」

夫の君よ、その川を渡らずして
つひに川に入りぬ
川に落ちて死にけり
嗚呼、我が人をいかにせむ

임이시여 그 강을 건너지 마오
임께서는 끝내 강을 건너셨네
강에 빠져 돌아가시니
가신 임을 어이할꼬

公無渡河
公竟渡河
墮河而死
当奈公何

「公無渡河歌」は古朝鮮時代の作品であり、現存する韓国最古の古代歌謡であるが、本論ではこれを古代時調の原型として「古朝鮮郷歌」と呼ぶことにする。自国文字がなかったため、四句形式の漢詩として表記されているものの、口承文学として伝えられていたため、時調の原型となる郷歌の初期形態とみなすべきだろう。漢字表記という文化的圧力は避けがたいものであったが、文字の不在が口承文学の生命を消し去ることはできなかった。

高句麗郷歌の「黄鳥歌」

楽しげに飛ぶ黄色の鳥は
つがひとなりて相寄り添ふ
我を省みれば独りなり
誰とともに帰らむ

훨훨 나는 저 꾀꼬리
암수 서로 정답구나
외로울 사 이내 몸은
뉘와 함께 돌아갈꼬

翩翩黄鳥
雌雄相依
念我之独
誰其与帰

紀元前一七年に高句麗の二代目の王、琉璃明王が詠んだ「黄鳥歌」は、愛する人との別れの悲しみと孤独を表現した、最初の哀傷的な抒情詩とされている。『三国史記』には四句形式の漢訳が残されており、従来の抒情歌とは異なる求愛歌の性格を持つと解釈される場合もあれば、土着勢力と外来勢力の権力闘争を象徴するものと読み解かれることもある。

百済郷歌の「井邑詞」

月よ、高く高く昇りたまへ
オグィヤ、遠く遠く照らしたまへ
オグィヤ・オガンデョリ
アウ・ダロンディリ
君は市に行きたまふや
オグィヤ、踏み違へることぞ恐ろしき
オグィヤ・オガンデョデヨリ
いづれも捨て置きたまへ
オグィヤ、君の行く道の暮るることぞ恐ろしき
オグィヤ・オガンデョリ

アウ・ダロンディリ
（以下略）

달하 노피곰 도다샤
어긔야 머리곰 비취오시라
어긔야 어강됴리
아으 다롱디리
져재 녀러신고요
어긔야 즌 대를 드대욜세라
어긔야 어강됴리
어느이다 노코시라
어기야 내 가논 대 졈그를셰라
어긔야 어강됴리
아으 다롱디리
（하략）

百済時代の郷歌である「井邑詞」や「宿世歌」は現存する代表的な作品であり、特に「井邑詞」は「望夫石」の伝説に基づいており、主な内容は、行商に出た夫の無事な帰還の願いである。世を照らす超越的な存在のお月様に、自分の夫が無事に戻ってくるように祈る。月は光明の存在であり、話者の願いを叶える神的な存在を象徴する。

時調は三章六句十二音歩構成が最終的な形式であることを考えると、この「井邑詞」の構成は「オグィヤ」などの折り返しを除けば、三章六句の形式と見ることができるため、時調の原型の定着過程の一つとして評価されている。また、四音ずつ三つの単位で合計十二の音歩となる。これは時調形式の初章、中章、終章の構成と非常に似ていると言える。「井邑詞」が持つ文学上の価値はハングルで表記された最も古い歌だという点にあるということも見落としてはならない。

伽耶郷歌の「亀旨歌」

亀や、亀や
首を出ださむ
出ださずば
焼きて食らひ果てむぞ

거북아 거북아
머리를 내어 놓거라

만약 내어놓지 않으면
구워서 먹으리라

亀何亀何
首其現也
若不現也
燔灼而喫也

「亀旨歌」は、一世紀から三世紀にかけて伽耶で歌われた呪術的な歌であり、「迎神歌」、「迎大王歌」などとも呼ばれる。この歌は伽耶国の始祖、金首露王の神話的な降臨を願うもので、集団儀式に使用された。歌に登場する「亀」は神聖な存在を象徴し、「首（頭）」は王や新たな生命を意味する。亀旨歌は形式上、歌と舞が分化していない集団の叙事的な巫歌である。内容としては、呪術性が強い歌と言える。呪術は超自然的な存在に対して、賛美と従順の両方のバランスを重んじる。つまり、神に対する服従と懐柔、または闘争と威嚇を行うこともある。この歌は命令法と直接的な表現を使って、共同体のリーダーを授けてくれるよう神に祈っていることがわかる。切実な祈りは、共同体の願い、つまり王を迎え入れるための強力な手段であり、強い意志の象徴でもある。

新羅の郷歌

郷歌は新羅時代から高麗初期にかけて作られた詩歌であり、韓国語の語順に従って表記された、そして「郷札」という固有の文字を用いて記録された定型詩である。郷歌は、「詞脳歌」、「兜率歌」、「国風」、または「自国之歌」とも呼ばれ、新羅固有の歌を指す。『三国遺事』巻一の「詞脳格」や巻二の「詞脳歌」、そして『均如伝』に記された「詞脳」や「詞脳子」など、さまざまな名称が存在するが、これらはすべて郷歌の借字表記である。郷歌とは「東方の歌謡」という意味であり、「詞脳歌」も郷歌と同義であると考えて差し支えない。

新羅を中心に多くの郷歌が制作されたが、郷歌には新羅だけでなく、高句麗や百済、伽耶の詩歌も含まれるべきである。中国漢詩の影響を受けた翻訳作品と並行して、口承文学の命脈も維持されていた。三国統一後、高句麗や百済の歌が新羅の郷歌に吸収されたと考えるのが自然であろう。

郷歌は漢字で作られたもの、吏読で記されたものもあり、四句体、八句体、十句体の三つの形式に分けられる。三国時代には四句体の郷歌が主流であったが、統一後の南北国時代の初期から高麗初期にかけて、四句体から十句体へと発展し、八句体郷歌を経て、十句体郷歌の完成形に至る。この十句体の郷歌の最後の二句（落句）に感嘆詞を配置する構造は、後の時調の形式にも影響を与え、十句体の郷歌が多く詠まれるようになった。

(i) 四句体の新羅郷歌の「薯童謡」

善花姫は
密かに嫁ぎて置きながら
山芋売り歩きの若き夫君を
夜にこそこそと抱き行きけり

선화 공주님은
남몰래 시집 가 놓고
맛둥 서방님을
밤에 몰래 안고 간다네

善花公主主隠
他密只嫁良置古
薯童房乙
夜矣卯乙抱遣去如

薯童（のちの百済の武王の幼名）が新羅の第二十六代真平王の時に作ったとされる、韓国最初の四句体の郷歌である。民謡形式のこの歌は、吏読で表記された原文とともに、その説話が『三国遺事』巻二の武王条に記されて伝わっている。精巧な十句体の郷歌とは異なり、四句体の民謡形式による直截な表現が特徴である。歌の内容は、夢幻的な愛を機知と才覚で現実に実現する英雄譚として解釈することもできる。国文学的な意義としては、現存する最も古い郷歌として知られ、また、民謡的性格を帯びた童謡が郷歌として昇華され創作された唯一の歌でもある。

（ii）八句体の新羅郷歌の「処容歌」

都の明るき月よ
夜が更くるまで遊びて
家に帰り、寝床を見れば
妻の脚四本なり
二本は妻の脚なれど
あとの二本は誰の脚ぞ
我が妻には違はぬものの

奪はれたるをいかにせむ

서울 밝은 달에
밤 들어 노니다가
들어와 자리 보니
다리가 넷이어라
둘은 내 것인데
둘은 뉘 것인고
본디 내 것이다마는
앗아간 걸 어찌할꼬

東京明期月良
夜入伊遊行如可
入良沙寢矣見昆
脚烏伊四是良羅
二兮隱吾下於叱古
二兮隱誰支下焉古
本矣吾下是如馬於隱

奪叱良乙何如為理古

加耶郷歌として再設定された「亀旨歌」は、神的存在に対する威嚇と命令の表現が特徴である一方、「処容歌」も対象に対して歌と舞で厄神を退けた点で亀旨歌と同様に呪術的な性格を持つ。それに、芸術の力で人生の問題を解決しようとする態度は、日本神話に出てくる天宇受売命に似ている。この女神は、暗闇に包まれた世界において舞によって太陽神の再生に貢献し、暁の女神としても解釈されている神である。

八句体の郷歌は、従来の四句体から単に発展したものではなく、前節と後節の区別がない八句で構成された独自の形式である。代表的な作品には「慕竹旨郎歌」と、高麗時代初期に作られた「悼二将歌」が挙げられる。これらの作品は、四句体の詩から進化し、より複雑な詩的構造を探求しており、内容の深みや表現の豊かさが特徴的である。これらの作品は、後に発展する高麗歌謡や時調の基礎を築いたものとして高く評価されている。

(iii) 十句体の新羅郷歌の「讃耆婆郎歌」

泣き侘びて振り放け見れば
露を照らす月の君
白き雲を負ひて浮かびし彼方

砂割る水辺に
耆婆郎の姿の草木
小川の砂利場にて
耆婆郎が抱きし
御心を慕ふ
ああ、五葉松を高みに
雪降りかてに耆婆郎の姿

흐느끼며 바라보매
이슬 밝힌 달이
흰 구름 따라 떠간 언저리에
모래 가른 물가에
기랑의 모습이올시 수풀이여
일오내 자갈 벌에서
낭이 지니시던
마음의 뜻을 좇고 있노라
아아, 잣나무 가지가 높아
눈이 덮지 못할 고깔이여

咽嗚爾処米
露暁邪隠月羅理
白雲音逐于浮去隠安支下
沙是八陵隠汀理也中
耆郎矣皃史是史藪邪
逸烏川理叱磧悪希
郎也持以支如賜烏隠
心未際叱肹逐内良斉
阿耶栢史叱枝次高支好
雪是毛冬乃乎尸花判也

十句体の郷歌の代表作として挙げられるのは、「祭亡妹歌」とともに、景徳王時代の僧侶忠談師が作った、耆婆郎の徳を称える歌、「讃耆婆郎歌」である。この歌は、花郎の耆婆郎の死後、その崇高な精神と徳を追悼するために作られた名作であり、郷歌の中でも傑作とされている。十句体の郷歌は、郷歌の形式がほぼ完成に至った段階を示し、前節八句、後節二句の計十句で構成されている。この形式は、感情の展開や物語の流れを巧みに織り込み、後の時調など韓国の伝統詩形式にも大きな影響を与えたといえよう。

（2）中世時調の拡張

九一八年、高麗の建国を起点に展開された中世時調は、約百五十年後、多様な形態で発展した。伝統的な郷歌の継承と、庶民を中心とした高麗歌謡、そして漢文学の受容が相互に影響しあいながら、中世時調文学の内容はより豊富で拡張的な展開を見せた。

高麗郷歌の「悼二将歌」

君を全うせし
心、天の果てまで及び
魂は去りしども
賜りし官位、また大いなるものなり
二将の仮面劇を見て
かの時の二の功臣よ
古き事ながら、その誠の跡は
今に現れたりけり

主乙完乎白乎
心聞際天乙及昆
魂是去賜矣中
三烏賜教職麻又欲
望弥阿里刺
及彼可二功臣良
久乃直隠
跡烏隠現乎賜丁

「悼二将歌」は、八句体の郷歌形式であって、一一二〇年、高麗十六代国王の睿宗が西京に行幸し、八関会が開かれた際に、共山の合戦で主君の王建のために命を落とした開国功臣武将の金洛と申崇謙を追悼するために作られた歌である。

「普賢十願歌」より約百四十年後の作品で、郷札式表記の最後の作品であり、八句体の新羅郷歌「処容歌」とその形式や構造が類似している。学者によっては郷歌や高麗歌謡とは異なるとする見解もあるが、性格的には郷歌的な伝統に近く、四行一連の分節体形式は高麗歌謡との関連もあるとされている。

一方、均如大師の「普賢十願歌」十一首を漢訳し、「訳歌現徳分」を書き残した崔行帰という高麗文臣の言説に注目する必要があると思われる。序文にみられる「三句六名」という用語であって、その具体的な意味や解釈については学者たちが様々に議論してきたが、その意味は未だに解釈の余地が多く、結論に至っていない。しかし、三つの句と六つの名からなる形を示しているこの形式を通じて、郷歌が当時の中国の詩形とは異なる、韓国独自の構造を持っていることを強調したという点が評価されるべきである。というのは、崔行帰によって「郷札」という用語が初めて登場し、また「詞脳歌」、すなわち郷歌の形式を「三句六名」と定義したからである。これは漢詩とは違う郷歌の独自の構造を説明した重要な記録である。その部分を引用すると次のようである。

詩は唐の詞を組み、五言七字に磨琢す。
歌は郷の言を排し、三句六名に切磋す。

詩構唐辞磨琢於五言七字
歌排郷語切磋於三句六名

漢詩は唐の詞を組み合わせ、五言七字の形式で磨き上げるという意味である。ここで「五言七字」とは、五つの文字と七つの文字から成る漢詩の基本的な構造を指す。郷歌は我が国の言葉で構成し、三句六名の形式で練磨するという意味である。「三句六名」とは、三つの句と六つの名（単語または句）から成る郷歌の構造を表し、韓国固有の詩の形式を強調する表現である。この文は、漢詩と郷歌がそれぞれの形式的原則に基づいて精巧に練り上げられていることを説くと同時に、その違いと独自性を強調している。

高麗歌謡の「青山別曲」

生きんとぞ生きんとぞ、青山に生きんとぞ
木苺と猿梨を食ひて、青山に生きんとぞ
ヤルリヤルリ　ヤルラション　ヤルラリ　ヤルラ

鳴くぞ鳴くぞ鳥よ、寝て起きて鳴くぞ鳥よ
汝より憂ひ多き我も、寝て起きて泣くぞ
ヤルリヤルリ　ヤルラション　ヤルラリ　ヤルラ

耕しし畑見たりや、水辺の畑見たりや
苔むせし犂を持ちて、水辺の畑見たりや
ヤルリヤルリ　ヤルラション　ヤルラリ　ヤルラ

かくて昼は過ぎにけれども

来る人も去る人もなき夜は、いかにせむ
ヤルリヤルリ　ヤルラション　ヤルラリ　ヤルラ

何処に投げし石ぞ、誰を打たんと投げし石ぞ
恨む人も愛する人もなく、打たれて泣くぞ
ヤルリヤルリ　ヤルラション　ヤルラリ　ヤルラ

生きんとぞ生きんとぞ、海に生きんとぞ
浜防風と牡蠣と貝を食ひて、海に生きんとぞ
ヤルリヤルリ　ヤルラション　ヤルラリ　ヤルラ

行きつつ行きつつ聞きたり、外れの厨行きつつ聞きたり
鹿が神木に登りて、胡琴を弾くを聞きたり
ヤルリヤルリ　ヤルラション　ヤルラリ　ヤルラ

行きつれば膨れたる酒甕に、辛き酒を仕込みけり
瓢簞形の麹を押さへ掴みて、いかにせむ
ヤルリヤルリ　ヤルラション　ヤルラリ　ヤルラ

살어리 살어리랏다 青山애 살어리랏다
멀위랑 다래랑 먹고 青山애 살어리랏다
얄리얄리 얄라셩 얄라리 얄라

우러라 우러라 새여 자고 니러 우러라 새여
널라와 시름 한 나도 자고 니러 우니노라
얄리얄리 얄라셩 얄라리 얄라

가던 새 가던 새 본다 믈 아래 가던 새 본다
잉무든 장글란 가지고 믈 아래 가던 새 본다
얄리얄리 얄라셩 얄라리 얄라

이링공 뎌링공 하야 나즈란 디내와손뎌
오리도 가리도 업슨 바므란 또 엇디 호리라
얄리얄리 얄라셩 얄라리 얄라

어듸라 더디던 돌코 누리라 마치던 돌코

믜리도 괴리도 업시 마자셔 우니노라
얄리얄리 얄라셩 얄라리 얄라

살어리 살어리랏다 바라래 살어리랏다
나마자기 구조개랑 먹고 바라래 살어리랏다
얄리얄리 얄라셩 얄라리 얄라

가다가 가다가 드로라 에졍지 가다가 드로라
사사미 집대예 올아셔 해금（奚琴）을 혀거를 드로라
얄리얄리 얄라셩 얄라리 얄라

가다니 배브른 도긔 설진 강수를 비조라
조롱곳 누로기 매와 잡사와니 내 엇디 하리잇고
얄리얄리 얄라셩 얄라리 얄라

「青山別曲」は高麗時代に作られたと伝わる民謡で、韓国の古典文学の中でも特に重要な作品の一つだということは確かであるが、本論では中世時調と呼ぶことにする。創作時期や作者は不明であるが、日本の鎌倉幕府成立（一一九二年）より約二十二年先んじた高麗の武臣政権時代（一一七〇年）から対蒙古抗争期を背景に作られた可能性が高いとされている。現在伝わる形は、朝鮮時代になって、『楽章歌詞』、『楽学軌範』、『時用郷楽譜』などに記録されたものである。

「青山別曲」は全体八連の構成であり、各連は四句ずつからなり、句の終わりにリフレインが付いている。各句は、３／３／２のリズムで構成され、韓国の伝統的な韻律に従っている。この作品では、山や自然を背景に、当時の人々の苦難や運命の無常さが象徴的に表現されている。自然との対比を通じて人間の運命の悲哀を歌ったものであって、自然は静かで永続的である一方、人間の生は儚く、苦しみに満ちていることが強調されている。

歌の主体は自然の中での平安を望んでいるが、それに溶け込むことができない孤立感や悲嘆が表現されている。この作品には、自然崇拝の要素や仏教的な無常観は見られず、俗世から離れた素朴な心情が歌われている。「青山別曲」は、後の時調形式に大きな影響を与え、自然と人間の関係を扱った古典的な文学作品として広く知られている。また、時代の背景や人々の感情を反映した深い洞察を持つ作品として、韓国の文化的アイデンティティを象徴する重要な作品の一つといえよう。

景幾体歌の「竹渓別曲」

第一章

竹嶺の南、永嘉の北、そして小白山の前
千年を経て高麗興り、新羅滅びし間、変わることなく風流を持ちたる城の裏
他に無き花のごとく聳え立つ峰には、王の安泰ありければ
ああ、この郷を再興せし光景、それこそ如何にぞや
清廉潔白の風を持つ杜衍のごとく、高き家に高麗と元の官職を有して
ああ、山高く水清き光景、それこそ如何にぞや

竹嶺南永嘉北小白山前
千載興亡一様風流順政城裏
他代無隠翠華峯天子蔵胎
為醸作中興景幾何如
清風杜閣両国頭御
為山水清高景幾何如

第二章

宿水寺の楼閣と福田寺の楼台、そして昇林寺の亭
小白山の中、草庵洞の草庵寺と旭金渓の毘盧殿、そして浮石寺の翠園楼にて
酒に半ば酔ひ半ば覚め、赤き花と白き花の咲く山に雨降る中
ああ、寺に遊びし光景、それこそ如何にぞや
習郁の高陽地に遊ぶ酒客のごとく、春申君の珠履を履きし三千の客のごとく
ああ、手を取りて仲睦まじく過ごす光景、それこそ如何にぞや

宿水楼福田台僧林亭子
草庵洞郁錦渓聚遠楼上
半酔半醒紅白花開山雨裏良
為遊興景幾何如
高陽酒徒珠履三千
為携手相従景幾何如

第三章

山鳥は彩鳳のごとく飛び立たむとし、地勢は玉竜のごとくぐるりと巻きつき、青松の茂る山裾を抱き

郷校の前の紙筆峰とその前には硯墨池あり、文房四友を備へたる郷校にて

常に心と思ひは六経に浸り、その志は千古の聖賢を窮め、父子の道を学ぶ弟子たちよ

ああ、春は雅楽の篇章を吟じ、夏は詩章を音節に合はせて奏でる光景、それこそ如何にぞや

年ごとに三月となれば、長き道程を行き

ああ、大声にて新任者を迎ふる光景、それこそ如何にぞや

彩鳳飛玉龍盤碧山松麓
紙筆峯硯墨池斉隠郷校
心趣六経志窮千古夫子門徒
為春誦夏絃景幾何如
年年三月長程路良
為呵喝迎新景幾何如

第四章

楚山孝と小雲英といふ妓女たちと、東山の後園にて遊びし良き時節
花は満開にて爛漫なり、君のために開けし柳陰の谷にて
度重なる訪れを急ぎ待ちつつ、ひとり欄干に凭れ、新しき鶯の声に
ああ、一輪の花のごとく、黒髪は雲のごとく流れ落ち絶えず
生まれつき天下絶色の小桃紅の如き時分には
ああ、千里の遠き地にて互ひに恋しく思う、それをいかにせん

楚山暁小雲英山苑佳節
花爛為君開柳陰谷
忙待重来独倚欄干新鶯声裏
為一朶緑雲垂未絶
天生絶艶小桃紅時
為千里相思又奈何

第五章

紅き杏の花は乱れ飛び、香ばしき草は青々として、酒樽の前にて長き春の日を一日楽しみ
青木の茂る中に彩色を施した楼は深く静かなり、琴の音に吹き来る夏の薫風
黄の菊と紅葉が青山を錦のごとく彩る時、澄みたる秋の夜空には雁飛び去り
ああ、雪の上に清らかに月明かりが照り映る光景、それこそ如何にぞや
再興する聖なる時代に、永く泰平を楽しみ
ああ、四季を楽しみて遊ばんとぞ

紅杏紛紛芳草萋萋樽前永日
緑樹陰陰画閣沈沈琴上薫風
黄国丹楓錦繍青山鴻飛後良
為雪月交光景幾何如
中興聖代長楽大平
為四節遊是沙伊多

安軸の詠んだ景幾体歌の「竹渓別曲」は自然の美しさや隠遁生活を賛美した作品であり、彼の文学的才能がよく表れている。その風景や感情を詩に込めることで、当時の知識人たちの間で高く評価された。

このように、古代時調で最も重要な領域を占める郷歌が貴族層によって享受された詩歌形式であるとすれば、中世時調として継承された高麗歌謡は庶民の抒情を表現した詩歌形式であったと言えるだろう。同時に、庶民的な高麗歌謡とは異なり、貴族的な詩歌形式の「景幾体歌」も漢文学と対抗しながら生成されたという事実を見落としてはならない。

景幾体歌は、高麗後期から朝鮮初期にかけて貴族文人層の間で流行した定型詩歌であり、高麗中期以降に登場した新興士大夫たちの得意に満ちた生活や享楽的な遊興のために創出された詩歌である。漢詩の形式に影響を受け、形式的にはやや硬直したリズムを持つが、内容的には主に宮廷や貴族社会での遊興や自然の美しさを称賛する詩が多い。この形式の詩歌は、教訓的な内容や、儒教的な道徳観を伝えることが多く、貴族層に愛好された。

景幾体歌の特徴の一つに、句の終わりに「景」あるいは「景幾」というリフレインを置き、リズムや音律を強調する技法がある。また、一つの連に四句が含まれることが多く、各句の韻律や構成が整然としている。高麗時代から朝鮮初期にかけて好まれ、後には他の詩歌形式に発展していった。

4　儒教的秩序の夢と近世時調の寝覚め

高麗末期の士大夫とは、儒教的な秩序を通じて国家を改革し、安定した社会を夢見た知識人層を指す。彼らは新進士大夫と呼ばれ、高麗末期に登場し、朝鮮建国において重要な役割を果たした。高麗王朝の腐敗と混乱を批判し、性理学に基づいて新たな政治と社会秩序を構築しようとした。

この時期、士大夫たちはモンゴルとの戦争や権門世族の腐敗によって社会が混乱に陥り、王権が弱体化していることを実感した。彼らは儒教的な理念、特に性理学を通じて社会を改革しようとし、道徳と秩序を基盤にした理想的な君主制と官僚制度を構想した。個人の道徳的修養が国家の安定につながると信じ、修身斉家の重要性を強調した。

士大夫たちは儒教の教えに従い、君臣関係や親子関係などの人間関係において名分と道理を重視し、秩序ある社会を実現しようと努めた。特に権門世族の専横と腐敗を改革し、道徳的で有能な官僚社会を築くことを目指したのである。

彼らは高麗王朝がもはや改革不可能と判断し、朝鮮建国を主導した。鄭道伝、鄭夢周、李成桂などの人物は性理学を基盤に朝鮮王朝を興し、儒教的な秩序を国家理念として掲げた。

士大夫たちは儒教的な秩序を通じて腐敗した社会を改革し、安定的で道徳的な社会を夢見た。その結果として、朝鮮王朝が建国され、彼らは君主が道徳的に統治し、有能で道徳的な臣下が国家を導く秩序を確立しようとした。

片手に杖を取り、片手に棘を取り
老いを棘にて防ぎ、白髪を杖にて打たんとせしに
白髪、まづ知りて、近道をして来るなり

한 손에 막대 잡고 또 한 손에 가싀 쥐고
늙는 길 가싀로 막고 오는 白髮 막대로 치려터니
白髮이 제 몬져 알고 즈럼길노 오더라

禹倬の「嘆魯歌」は、時調形式の完成に重要な役割を果たした作品とされている。この作品は高麗末期に作られ、時調の基本的な三章六句四十五字前後の形式を備え、その後の時調文学の発展に大きな影響を与えた。

形式の完成度において、「嘆魯歌」は三章に分かれ、各章は四音節のリズムに従い、全六句で構成されている。これは時調の典型的な構成であり、後の時調文学の枠組みを準備した。各章の最初の二句は対句を成し、三句目が結句として締めくくられる。

内容的には、作品は政治的無力感と世の中の混乱を嘆く内容で、自然に対する感慨と自

らの境遇への省察が強く表れている。自然と人間の対比を通じて、時調文学の哲学的な深さを表現している。

この作品は、自然の調和と人間の限界を対比させ、静寂な自然の中で自身の境遇を省みる姿を描き、時調文学における哲学的な洞察を深めたと評価されている。

5　旧秩序と新秩序の架け橋、近世時調

詩歌文学の機能面においては、日本の定型詩である和歌は、贈答歌の形式で、個人的な次元だけでなく、宮廷で開催されるという公的な機能を担った詩文学の談論である。それに対して、時調は、厳密に言えば公的な機能から自由であり、徹底して個人の次元で生み出された詩歌文学であるという点が特徴と言える。

日本の場合、平安時代（七九四―一一八五年）の初期には、漢文学の絶対的な影響により、文学の基盤には漢詩文が公的な文学として君臨し、伝統的な和歌を圧倒していた。しかし、平安時代の中期に入ると、唐の衰退とそれに伴う遣唐使の廃止（八九四年）により、中国文化の影響力は次第に減少し、自国の文化を意識するようになり、いわゆる自国文化優先主義とも言える国風文化の時代が幕を開けた。その過程で、漢字を応用した自国の文字として考案された仮名文字とともに、和歌もまた次第に公的な詩歌文学として確立されていった。

例えば、『新撰万葉集』には、公的な詩として権威を持っていた漢詩と、大和歌と呼ばれる和歌が対等に収録され、和歌が公的な文学の地位を確立した様子が見られる。宮廷や貴族たちの邸宅では、教養の尺度として和歌を競い合う歌合が盛んに行われ、和歌に関する談論や記録が残された。最初の国家プロジェクトとも言える勅撰和歌集『古今和歌集』の編纂が十世紀初頭に行われ、それ以降、長らく詩歌文学の模範となった。

一方、高麗末期から、政治的変動にふれたり、それを描いたりしていても、時調は作り手の感慨だけを詠むものとされており、朝鮮王朝が成立した後も、その点に変わりはなかった。『楽章』や景幾体歌に見られるような王朝の樹立を讃える詩歌はあったものの、時調の場合、高麗を回想する時調作品は、主に個人的な次元で生み出されたものであることが元天錫の作品からも確認できる。

興亡は流るる水のごとし、月台も秋草なり
五百年の王業もいまや牧童の笛音に宿り
夕暮れに旅ゆく人、涙を落としぬ

興亡이 有数하니 満月台도 秋草로다
五百年 都業이 牧笛에 부쳐시니
夕陽에 지나는 客이 눈물계워 하노라

例えば、元天錫をはじめとする高麗の遺臣たちは、滅びた王朝の旧都を目撃し、回想に沈む回顧詩系の時調を残している。彼らは高麗王朝の崩壊した現実を、癒しがたい苦痛として受け入れている。彼らは漢詩文で十分に表現できる教養人でありながら、独自の韓国語による時調の定型性と歴史性を示している。亡国を目の当たりにして自己放逐の道へと追いやられ、それ以上の和解が不可能な状況を経験すればするほど、時調の形式的な秩序の背後に、世界の転換に直面した詩人たちの自画像を捨て去ることは難しい。

仙人橋下るる水、紫霞洞に流れけり
半千年の王業も、今は唯水音のみ
汝よ、故国の興亡を問うて何せん

仙人橋 나린 물이 紫霞洞에 흘너 드러
半千年 王業이 물소리 뿐이로다
아희야 故国興亡을 물어 무삼 하리오

出発点が同じ高麗の士大夫であったにもかかわらず、高麗王朝を見つめる信念の違いが顕著に表れている作品である。元天錫と吉再のテーマが過去を回想する心情であったのに対して、前掲の時調を詠んだ鄭道伝は過去の記憶と現在を徹底的に切り離し、新しい秩序を構築するために強い自我化を試みていることがわかる。
高麗と朝鮮という二つの王朝の交替の混乱を経て、朝鮮初期には新しい秩序がじょじょに定着したが、国家的な視点から生まれた公的な時調はあまり見られなかった。それでも、個人の表現として新しい国家「朝鮮」の現在と未来を描いた時調が、朝鮮初期の孟思誠や黄喜、それから中期に至って王族の月山大君のような人物たちによって作られた。彼らは、いわゆる「江湖四時歌」を通して、朝鮮の創建によって平和な時代が到来したことを詠んだ。王族の月山大君の時調を見てみよう。

秋江に夜が更け、波が冷たくなりけり
釣り糸を垂れども、魚はかからず
ただ無情の月光を載せて、空舟を漕ぎ去りぬ

추강에 밤이드니 물결이 차노매라
낚시 드리오니 고기아니 무노매라
무심한 달빛만 싣고 빈배 저어 가노매라

十四世紀末に建国された朝鮮は、十五世紀に入って世宗大王が即位し、諸般の国政を整

え、文化や産業の面でもさらに刷新された政策を実施することで、朝鮮五百年の基盤を堅固にした。その上、訓民正音を創製し、公布することによって、初めて言文一致の文学が展開され、楽章・時調・歌辞・小説・漫筆など、さまざまなジャンルの韓国文学が確立されるに至った。また、朝鮮王朝において実施された政治の基本は排仏崇儒にあったため、新羅や高麗王朝のような仏教中心の文学は見られなくなった。このような時代背景のもとで、初期の雅楽の整備と訓民正音の創製の影響により、楽章、時調、歌辞文学が発展したことは見逃せない。

歌辞

歌辞の発生も、いつからなのかその時代を確定するのは難しいが、これまでの通説では、朝鮮成宗時代の丁克仁の「賞春曲」をその嚆矢とし、その発生も「賞春曲」の直前であると推測されてきた。概して、歌辞は詩歌文学から叙事文学への移行期の、過渡的な文学形式で、韻文の形式に散文的な内容を含むものであった。

俗世に埋もれて住まふ人々よ、我が生き様いかならんや
古人の風流に及ぶや及ばざるや
世に男子として生まれし者多けれども

山林に隠れ住む至楽を知らざるとはいかに
小さき茅屋を清き川辺に結び
松竹繁る森にて、自然の主として住まひけり
（以下略）

紅塵에 뭇친 분네 이내 生涯 엇더한고
녯사람 風流를 미찰가 못 미찰가
天地間 男子 몸이 날만한 이 하건마는
山林에 뭇쳐 이셔 지락至楽을 마랄것가
数間茅屋을 碧渓水 앏픠 두고
松竹 鬱鬱裏예 風月主人 되어셔라
（하략）

最初に歌辞が出現したのは、唱のみで伝わる高麗歌謡の新しい散文精神に導かれて形成されたもので、すべての韓国語による創作的表現が韻文であった当時に、短歌形式の分章形式に満足できず、時調の短い形式と抒情性を広げるために、歌辞はより長大なテーマを

扱うための形式としてまた詩として詠うにふさわしい詩形へと発展したのがこの歌辞体である。

6　中人における時調文学の共同体とテキスト

朝鮮の建国初期の身分制度は二重構造、すなわち良人と賤民に分けられる良賤制という法制度を持つ社会として始まった。しかし、十六世紀に入ると階級分化が進み、十七世紀以降は両班と中人が分離され、さらに下層の良民と奴婢を常漢という新しい階級に組み込む形で社会構造が再編された。

両班と常漢が対立する中で、中人は両者の中間に位置する少数の中間階級として、次第にその存在感を高めていった。中人は学問や文化的活動を通じて自らの地位を高め、十九世紀に至ると、知識人として文筆活動に励む一方で、西洋の近代思想を積極的に受け入れて多くの開化派として活動した。

朝鮮中期から後期にかけて時調文学の流れを集大成して、時調文学の発展と伝承に大きな役割を果たした主体は中人の時調詩人である。その中で代表的な三大時調集として、金天沢の『青丘永言』、金寿長の『海東歌謡』、朴孝寛と安玟英共著の『歌曲源流』が挙げられる。

三大時調集のそれぞれの特長を考えてみると、『青丘永言』は朝鮮時調文学の流れをよく反映した作品集で、時調文学の基礎を築く役割を果たした。この本は平民や中人の時調だけでなく、両班の作品も収録し、時調文学の大衆性と包容性を示している。収録作品は、まず以前の時期の時調作家たちの作品と、当代の歌曲芸人である「閭巷六人」の作品に分けることができ、さらに収集過程に応じて、家帖、すなわち小歌集単位で収録されているものと、個別に収集された作品とで構成されている。家帖単位で伝承された作品は、前代の歌集編纂の伝統を受け入れながら、連作時調の形式を継承した側面を見せており、個別に収集された作品や閭巷六人の作品は、当代の時代的な美感、音楽性、現場性をよく反映している。

要するに、前代から文献として伝承された作家たちの作品、当代まで伝承され歌曲の現場で歌われていた作品、そして当代の時代的な美感と音楽性を含む閭巷文人たちの作品が一書に統合されている。したがって、『青丘永言』は、歌集編纂の伝統と当代の時代的な美感によって時調を集大成した、いわゆる、「古今時調集」として成功したと評価できる。『青丘永言』を引き継いで編纂された時調集、『海東歌謠』は、中人出身の作家たちの時調を多く収録しており、朝鮮後期時調文学の発展を示している。時調のさまざまなテーマと形式をよく反映したこの本は、朝鮮後期時調文学の代表的な作品集と認められている。

弟子関係の朴孝寛と安玟英は『歌曲源流』を編んで、時調だけでなく歌曲を含むさまざまな音楽的作品を収録している。この本は、時調と歌曲の発展過程を伝えてくれる貴重な文献であり、文学だけでなく朝鮮後期における音楽と文学の結合をもよく表している。

閭巷六人

中人階級の時調における活躍振りは、『青丘永言』の言う「閭巷六人」に代表される。閭巷六人とは、金天沢が組織した当代最高の時調詩人グループであり、彼らは主に中人出身であったが、朝鮮後期の時調文学において重要な役割を果たした。

(i) 金天沢の時調

蘆花の深きところに、夕映えかすかに差しぬ
三つ四つ、群れなし遊ぶ鴎たちよ、
何に思ひ沈みて、われ来たるを知らざるや

갈대꽃 깊은 곳에 저녁놀 비껴 띠고
서넛씩 떼를 지어 섞어 노는 갈매기야
무엇에 골똘하였기에 날 온 줄을 모르느냐

金天沢は閭巷六人の主導者であり、『青丘永言』を編纂して、時調文学の大衆化に貢献

した人物であり、素朴で日常的な感情を率直に表現するのがその特徴といえる。

(ii) 張炫の時調

鴨緑江に日沈みぬる後、哀れなる我が君よ
連雲万里、いづちへか行かせたまふ
春草青み青くなりぬれば、すみやかに帰り給へかし

압록강 해 진 후에 가엾은 우리 임이
연운만리를 어디라고 가시는가
봄풀이 푸르고 푸르거든 즉시 돌아오소서

この作品は、丙子胡乱の際、昭顯世子と鳳林大君が瀋陽に人質として連れて行かれたとき、通訳官として同行した作者が二人の王子の身を案じて詠んだものである。鴨緑江に日が沈み、沈む夕日同様に戦で敗れた国の王子が故国を去る姿を見るとき、作者は、民として涙を流さずにはいられなかった。遥か遠い異国の地、いずこへ行かれるのか。嗚咽をこらえきれない叫びのような痛切な嘆きである。今は仕方なく行かれるにしても、春が来れば木々が芽吹くように、再び戻ってこの国の恥辱をそそいでほしいという、民の切なる願

いで結ばれている。

張炫は「閭巷六人」の一人として紹介されているが、実際には当時すでに故人であった。しかし、生前には通訳官として財を成し、それをもとに中人文化や時調結社を惜しみなく支援したことで知られている。彼は経済的な支援を通じて時調文学の発展と中人たちの文化活動を奨励し、そうした貢献により生前から中人社会で重要な人物として評価されていた。

(iii) 朱義植の時調

窓外に子来たりて、今日は新年なりと言ふ
窓を開けて見れば、昔昇りし日、昇りたり
子や、常なる同じ日なれば、来世に来たりて言へかし

창밖에 아이 와서 오늘이 새해라기에
동창을 열어 보니 옛날 돋던 해 돋았다
아이야 늘 같은 해니 다음 세상에 와 일러라

閭巷六人の一員、朱義植は、士大夫文学から脱し、庶民的な感性を時調に取り入れた。

朝鮮粛宗時代の時調詩人で、字は道源、号は南谷。漆原県監を務めた。梅の絵を得意とし、時調もよく詠んだ。『青丘永言』には彼の時調十四首が伝わっている。彼の作品は叙情的なテーマを扱い、感覚的な表現が特徴である。時調創作において優れた技巧と感性を示し、自然を賛美し、人間の感情を繊細に表現したものが多い。

(iv) 金三賢の時調

我が魂、酒に混じりて君が内に流れ入り
曲がりくねる腸の中をことごとく巡り行けども
我を忘れ、君を慕ふ心をことごとく燃やさむとす

내 영혼 술에 섞여 임의 속에 흘러들어
굽이굽이 창자 속을 다 찾아 다닐망정
날 잊고 님 향한 마음을 다 태우려 하노라

閭巷六人の一人、金三賢の時調は、作者の感情と意志、そして愛の苦悩を強烈に表現している。

初章で、自分の魂が酒に混じって愛する人の体の中に流れ込む様子を描写し、深い献身

と一体化への願望を表している。酒は別れや悲しみ、あるいは愛の深い感情を象徴するものとしてよく使われ、ここでは酒を通じて作者が「君」と一つになろうとする願望を示している。

中章は、愛する人の内面の深部まで魂が巡る様子を描写している。相手の内面を探索する作者の姿を強調し、愛の深さと執着的な性質を表している。これは、作者の、愛する人を完全に理解し、彼のすべてを感じたいという欲望を象徴的に示している。

終章では、自己犠牲的な姿勢が示されている。作者は自分自身を忘れ、ただ「君」への愛を燃やし尽くそうとしている。強烈な情熱を示し、愛が単なる感情ではなく、自分自身を犠牲にする行為であることを示している。

この時調は伝統的な恋歌の形式に従っており、愛に対する献身と自己犠牲を中心に、作者の内面世界を強烈かつ象徴的に表現している。詩人にとって愛は単なる感情ではなく、自己の存在すべてを捧げてでも成し遂げんとする強い願望と苦悩を伴う行為であることを示す作品である。

（v）金聖器の時調

玉の花瓶に植ゑし梅の一枝を折り出せば
花もよけれども、暗香さらによし

止めるべし、折りし花なれば、捨つることあらんや

옥화분에 심은 매화 한가지 꺾어 내니
꽃도 좋거니와 암향이 더욱 좋다
두어라 꺾은 꽃이니 버릴 줄이 있으랴

閭巷六人の一人に数えられる金聖器は、玉の花器に植えられた梅の枝を折る場面を描写し、梅の清らかさと高潔さを楽しもうとする心を表している。梅は伝統的に高潔さと清らかさを象徴しており、これを通して作者の感情と態度が窺える。

梅の視覚的な美しさだけでなく、香りに注目している。「暗香」は、控えめな香りを意味し、内面の高潔さを象徴している。作者は梅のこのような隠れた魅力をさらに価値あるものとして大切にしている。

終章には、すでに折った梅の枝を大切にし、決して捨てることはできないという作者の意志が表れている。これは自然の美しさに対する深い愛情と、それを尊重する態度を示している。

この時調における作者は自然との親和性が強く、梅を通じて自然と人間の感情を結びつけて表現している。朝鮮時代の文人たちの多くが梅などの自然の要素を通じて高潔さや純粋な感情を象徴的に表しており、この時調もその流れを汲んでいることがわかる。

（vi）金裕器の時調

今日は魚を取り、明日は狩りに行かむ
花月の宴はあさってにて、降神の儀はしあさってに執り行はむ
そのまたしあさって、詩会を催さば、皆もて佳酒を酌み交はさむ

오늘은 고기 잡고 내일은 사냥가세
꽃달임 모레하고 강신일랑 글피 하리
그글피 편사회할 때 각지호과하시오

閭巷六人の一人、金裕器は日常の漁師生活を楽しむ様子を初章で描写している。これは単純な労働を日常の楽しみに昇華させた姿を表すものである。中章に進んで狩猟や花の飾り付け、祭祀など、日ごとに異なる行事や祭が列挙され、自然の中で生活を楽しむ姿勢が示されている。特にこれらの活動は、単なる労働や儀式ではなく、すべてが風流な要素として解釈できる。

終章に達すると、時調を詠む集まり、すなわち「偏社会」という会合が言及され、その日に友人同士が交流を楽しむことが提案されている。偏社会は詩を詠み、互いに感想を述

べ合う集まりで、これは社交と芸術をともに楽しむ朝鮮時代の風流文化を反映している。作者は、風流文化と日常の芸術的昇華を重視し、自然との調和の中で人生の余裕を求めている。これは、朝鮮中期以降の文人たちが自然の中で詩を楽しみ、生活を送る伝統と深く関係している。作者は、自然とともにある生活を通じて、人が享受できる最高の楽しみと余裕を経験しようとしており、そのような姿勢が時調全体のテーマとして表れている。

この時調を通して、朝鮮時代の文人たちが日常の小さな楽しみの中にも大きな価値を見出し、それを詩を通じて豊かに表現しようとしていたことがわかる。これは、自然と人間の生活を調和的に見ようとする哲学を反映しており、士大夫の文学と中人文学は、その根本的な自然観においてはあまり差異はないように思われる。

このように、閭巷六人をはじめ、中人階層の時調詩人たちは、朝鮮後期における時調文学の復興において重要な役割を果たし、士大夫文学ともども庶民的な感性や日常的なテーマをも扱い、時調文学の幅を広げたということが認められる。

7 「時調ルネサンス」の可能性

本論は、「時調ルネサンス」という概念を通じて、時調を単なる伝統的形式の継承にとどめることなく、その本質的な原型を再発見するための手がかりを提供しようとしている。時調ルネサンスは、過去の記憶と現在との対話を通じてのみ実現可能なのであり、それは漢文学の延長線上にあるものではない。

時調の再生において最も重要な点は、過去の形式に縛られることなく、現在を基軸にしながら、相互理解を基にした新しい関係を築くことである。「時調美学の系譜」を再考することにより、時調が世界文学の一部として発展する可能性を探ることが重要なのだ。

時調文学は、その時代の歴史的背景や社会的束縛を反映し、矛盾を解決する手段として機能してきた。偏った価値観にとらわれず、時調の本来の原型を追求する姿勢が求められている。

さらに、口承文学から記録文学への移行期において、借字表記法が時調文学の発展を支えた点にも注目すべきである。時調は、漢文の権威に抵抗しつつ、民族の自我を表現するために、その形式を絶えず工夫し続けてきた。

したがって、時調文学の根本的な課題は、現実の中で直面してきた束縛を一つずつ解きほぐしていくことにある。他者との相互理解を「今」だけで捉えるのではなく、相互に配慮した等価的な関係を確立することが、時調再生の理想的な方向である。

時調ルネサンスの文脈において重視すべきは、他者への方向性、すなわち開かれた「志向」を理解することである。最も重要な問題は、自文化中心主義（ethnocentrism）を克服し、時調が世界文学の一部として進展する可能性を制度的に模索することである。

伝統を継承しつつも、時調文学における「破格」を認める姿勢は、近代的な価値観や狭隘な視点による誤解を解消するためのカギとなるだろう。時調ルネサンスは、制度や慣習の存在理由を再考し、健全なアポリア（aporia）を乗り越えるための創造的な努力から生まれるべきである。

時調は、その時代の歴史性や社会的束縛に直面したときに、予期しない矛盾を解決する力を持つ文学形式である。偏った価値観による性急な判断は、再び二重基準を生み出し、結果主義に陥る危険がある。時調の評価において相反する変容が生じる際には、その原型を探ることが最も優先されるべきである。

我が国の文学が文字を持たなかった時代においても、口承文学から記録文学への移行過程で、文字の定着を目指した絶え間ない努力が続けられてきた点を忘れてはならない。古代時調と中世時調を繋ぐために借字表記法が導入され、変化を続けた結果、国文学としての再領土化に成功したと言える。

時調文学は、訓民正音によって新たに確立された秩序の下で、韓国文学の価値と創造的な表現の方法を確立してきた。漢文学に抵抗しながらも、文学的自我の再現に努め、時調文学は既存の価値観や方法から自由になり、創造的な思考と行動によって、韓国文学としてのアイデンティティを取り戻してきた。

8　対立と共存の時調言語

近代の翻訳主義は、西洋の文明社会が非西洋圏を未開社会とみなし、啓蒙と理解を目指す手段として機能したといえる。日本のような、近代国家の建設を急速に推進した国家にとっては、文明社会への参入を目指す国家的プロジェクトの一環でもあった。翻訳は誤解を避け、正しい理解を促す神聖な作業であることに疑いはない。

長い間、固有の文字を持たないまま漢字文化圏の影響を受けざるを得なかったにせよ、絶え間なく翻訳と借字表記法を古朝鮮以前から享受されてきた口承歌謡は、詩の永遠の再生という形で伝統として存在してきた。

古代韓国文学において、借字表記法は、感情を込めた表現を試みるために広く使われてきた。例えば、郷札や吏読がその代表的な例である。韓国独自の言語と抒情を文字で表現する手段を通じて詩や文学を効果的に表現できたのである。

借字表記法は単なる記録手段ではなく、韓国固有の感情を表現する重要な役割を果たしてきた。これは漢字の影響下でも韓国語のアイデンティティを維持し、発展させる努力の一環であり、当時の思想や感情を文学的に具現化するために用いられてきた。

記録文化の枠組みは、口承の弱体化を防ぐため、文字の導入を促進した。当時の一般的な形式であった四言四句体は、私たちの抒情詩の原型を損なうことなく記憶しようとする手段として採用された。韓国語と漢字の対立は当然の現象だったが、漢詩の行間に隠された私たちの自我が常に作用していたことを見逃してはならない。

古朝鮮や三国時代の詩歌は、信念と文学的世界を内包していたにもかかわらず、その形式が漢詩文として残され、その記録に埋没してしまったため、現象的な課題を克服することなく、結果として「古代歌謡」として一括りにされてしまった。私たちの詩歌美学の本質と賞賛の出発点は、郷歌や高麗歌謡という時調文学の原型において、私たち自身の文字が試みられたという事実にある。郷歌と高麗歌謡に見られる吏読や口訣、さらには郷札の発明と使用は、漢字という文字権力と漢文学的世界観への反論であり、抵抗の象徴であった。

漢字に対する盲信は、翻訳という手段を通じて原型と加工の間に生じる隙間を埋める「共存の智慧」を必要とした。借字表記法と漢文学という対立する二つの世界観の共存は、欠如や執着を和らげる浄化プロセスとして機能し、一定の役割を果たしていたことは否定できない。

こうして、私たちの詩歌論の出発点から現在まで、一貫して抒情と人生が継承されてきたとみなすことができる。私たちの抒情は閉ざされたものではなかった。抒情の基盤は、外的な権威や脅威に対しても、詩的主体を通じて十分に守られてきたのだ。そして、それを可能にしたのが、巨視的な視点からの時調文学の長き命の力であるということを結論として言えるだろう。

時間の翻訳、時調と人文学のコラボ
——後書きにかえて

本書の目的は、時調を世界に広めるための翻訳方法を探ることにある。その過程で、時調が持つ文学的価値を明らかにすることを目指した。具体的には、孫澄鎬・李垙・卞鉉相・鄭熙暻の四人の時調詩人の作品を通じて、「時調美学の系譜」を提示し、韓国の風土と歴史を背景に形成された詩人たちの「時調世界観」を探り、その中に込められた美意識や感情を説き明かすことを試みた。時調を翻訳する際、定着と移動、明るさと暗さ、直線と曲線といった対照的な要素が詩にどのように反映されているかを具体的に考察した。

時調は、政治的事件や四季の移ろいを詩的に表現する文学として、公的な枠組みの外で始まったと考えられる。政治的状況と自然の変化を背景に、時調は誕生し、時代を超えて言語芸術として発展してきた。本書では、そうした時調文学の誕生と成長の過程を翻訳を通じて探求した。特に、時調詩人たちは外部世界との断絶を克服し、その軌跡が彼らの作品に色濃く反映されている。表面的な翻訳は創造的な活力を失わせ、誤訳は読者の理解を妨げる可能性がある。そこで筆者は、詩的真実を発見するために、主観と客観の自然な循環に基づいた翻訳を目指した。

時調は韓国固有の文学形式であり、その短い形式の中に深い感情と哲学が凝縮されている。詩人たちは、その時代背景の中で感じた内面的な葛藤や自然との調和を限られた言葉で表現している。

翻訳作業においては、まず韓国時調文学に関する多様な資料と研究成果を集め、時調の形式的特徴や歴史的背景を深く理解した。四人の代表的な時調詩人たちの作品を精読し、時調が韓国文学において果たしてきた役割とその意義を把握することができた。

四人の詩人は異なる時代背景や思想を持ちながらも、共通して時調という短い詩形を通じて深遠な思索や情緒を表現している。彼らの詩に共通するテーマは「自然」、「人間」、そして「時代」である。自然の美しさや無常、人間の喜怒哀楽、そして激動の時代を生き抜く人々の姿が、彼らの時調に凝縮されている。これを日本語に翻訳する作業は、決して簡単ではなかった。

翻訳は、単なる言葉の置き換えではなく、言語の背後にある文化や情緒を異なる言語で再現する試みである。特に時調の翻訳では、その短い形式に込められた繊細な感情やリズムをどのように日本語で表現するかが課題であった。時調は音数律を基盤とした非常に独特なリズムを持っている。韓国語の時調リズムは、一定のテンポに合わせて単語が配置され、その結果、音楽的な流れを生み出す。しかし、このリズムを日本語や他の言語にそのまま移すことは難しい。各言語はリズムや音韻の構成方法が異なるためである。例えば、日本語は韓国語と音数の構造が異なるため、同じリズムを維持するためには単語の選択や文の構成にかなりの工夫が必要になる。

時調のリズムや音韻は韓国語特有のものであり、日本語にそのまま再現するのは難しい。しかし、詩のリズムは詩的感覚を伝える重要な要素であるため、できる限りそのリズムを日本語に反映させるよう努めた。四人の詩人たちが表現した独自の世界観を、単語の選択から文章の構成、文体のリズムに至るまで慎重に考慮し、翻訳に反映させた。

時調では自然との対話や人間の内面的葛藤が重要なテーマとして扱われる。これを日本語に翻訳する際、韓国語特有の自然観や感情表現をどう伝えるかが課題であった。韓国語での象徴的な自然表現は直訳では伝わりにくいため、補足的な表現を用いてそのニュアンスを伝えるよう工夫した。

翻訳を進める中で感じたのは、時調が時代を超えて持続してきた文学形式であり、表現されるテーマや感情が非常に現代的であるという点である。時調詩人たちが何世紀も前に表現した自然や人間の感情、社会的葛藤は、今日の私たちが直面する問題と多くの共通点がある。これこそが時調の普遍的な魅力であり、その魅力を日本語で伝えることは意義深い作業であった。

最終的に、この翻訳を通じて、時調が単なる韓国の文学形式ではなく、世界文学の一部として発展する可能性を強く感じた。時調は短い形式の中に、韓国固有の美意識や哲学を表現しているだけでなく、人類共通の感情や思想も内包している。したがって、時調を翻訳することで他の文化圏の読者にもその普遍的な価値を広く伝播し、共感を得られると確信している。

本書では、四人の詩人の作品を通じて、時調が持つ美学や思想、彼らが表現した世界観を忠実に再現することを目指した。この翻訳が、時調という韓国固有の文学形式が持つ深い魅力を、より多くの人々に伝える一助となることを願っている。

二〇二四年　秋の日

安修賢

編・訳・解説者について——

安修賢（An, Soo hyun）　一九六四年、大韓民国釜山市に生まれる。釜山カトリック大学人文学研究所学術研究教授・文学博士・文学評論家・文学翻訳家・漢詩人。釜山時調詩人協会副会長・国際時調協会評論翻訳委員長・釜山文人協会外国文学評論委員長・韓国俳句連盟事務総長・釜山市民図書館古文献執筆委員・釜山市文化委員会委員を務める。主な著書に、『藤原定家の詩学』、『時調翻訳とルネサンス』、主な訳書に、『古時調百選』、『現代時調百人選』、『昨日と今日、そして明日』（時調と和歌と俳句の合同詩集）、『朴木月詩百選』（翻訳自由詩集）などがある。

装幀——齋藤久美子

韓国現代時調四歌仙集

——孫澄鎬・李垙・卞鉉相・鄭熙暻

二〇二五年三月一〇日第一版第一刷印刷　二〇二五年三月二〇日第一版第一刷発行

編・訳・解説者——安修賢

発行者——鈴木宏

発行所——株式会社水声社

東京都文京区小石川二—七—五　郵便番号一一二—〇〇〇二

電話〇三—三八一八—六〇四〇　FAX〇三—三八一八—二四三七

［編集部］横浜市港北区新吉田東一—七七—一七　郵便番号二二三—〇〇五八

電話〇四五—七一七—五三五六　FAX〇四五—七一七—五三五七

郵便振替〇〇一八〇—四—六五四一〇〇

URL : http://www.suiseisha.net

印刷・製本——モリモト印刷

ISBN978-4-8010-0858-8

乱丁・落丁本はお取り替えいたします。